花開小路四丁目的聖人

小路幸也——著

吳季倫——譯

1

該不會——

該不會是我想像的那樣吧？……

「唉，這事鬧得街坊鄰居人心惶惶呀！」

「就是說嘛！」我擠出燦爛的笑容，揮揮手說那麼先走囉，踏出了步伐。笑咪咪的三太警官也揚揚手示意敬禮，「小心慢走！」目送我離開。

坦白說，我恨不得馬上扭頭右轉，衝回家逼問爸爸究竟是怎麼回事，可是想想，剛告訴人家自己要出門買菜，結果一轉身卻又跑回大廈去，這樣的舉動未免奇怪，說不定還會惹得三太警官起疑心。所以，儘管滿腔的怒火想找爸爸問個清楚，眼下只好先去買菜了。

每年照例的黃金週假期轉眼結束，該是重拾生活節奏的時候了。小朋友們過完連假後回到學校，我開設的家教班接著恢復上課。當然也和往常一樣，在傍晚前買菜回來為爸爸備餐。

豔陽高掛，氣溫也高，我套件T恤外搭襯衫再趿上布鞋，一派輕鬆地走出了大廈，並向這

個時段固定站在派出所門前的三太警官打了招呼。

就在這個時候，三太警官告訴我又發生怪事了。

商店街二丁目的寶飯中菜館的招牌不見了。

三太警官並沒有洩漏偵查機密，只是和我閒話家常，就像隨口聊聊天氣罷了。

寶飯的招牌不是一般中菜館常用的燈箱，而是住過這裡的一位木雕家打造的木雕立像——一頭用兩腳站立的熊。這頭木熊高舉雙手，腆著圓滾滾的肚子，還在肚子刻上「寶～飯！」幾個吆喝似的大字，真不曉得該逢人推薦這是必看景點，還是該希望別讓人瞧見比較好。這個招牌的高度是一百六十公分左右，差不多和我一般高。

這一帶出生的每一個小孩在懂事以後，尤其是上學途中，只要經過中菜館門前總要拍一拍那頭木熊的肚子。沒有人不這麼做，我也一樣拍過不知道多少次了。在經年累月的拍打下，木熊先生的肚子變得又黑又亮。據說考試前只要摸木熊的肚子三圈，成績一定頂呱呱，但究竟靈不靈驗，恐怕只有天曉得了。

昨天下午五點左右，店家準備點亮燈箱時才發現木熊不見了，趕緊打電話通知派出所，懷疑可能是遭人惡作劇了。

那並不是昂貴的雕刻品，幾十年來就這麼擺在店門前。雖說二丁目那邊屬於拱廊商店街，不必受到風吹雨淋，但畢竟這麼多年了，遲早會朽壞的。

大家對那頭木熊已經有很深的情感了，我也不例外。萬一哪天忽然沒看到木熊了，想必都會十分擔心它怎麼不見了。

根據三太警官的轉述，寶飯中菜館的有田老闆很希望有人幫忙找到它，或者拿走的人良心發現，盡快歸還。

警方……也就是花開小路派出所的三太警官和角倉警官，還在煩惱著該不該視為竊盜案著手辦案之際，有田老闆某一天看看時間該打烊了，走出店外準備把燈箱收進去的時候，赫然目睹了這一幕。

就在店門前、商店街的正中央，那頭招牌木熊直挺挺地站在那裡，肚子上還貼著一塊瓦楞紙板，上面寫著「只是惡作劇　對不起　請原諒」，看字跡大概是中學生或高中生的年紀。

這起事件就在眾人額手稱慶之下落幕了。嚴格來說，這確實是一樁竊盜案，不過有田老闆覺得東西回來就好，因此三太警官和角倉警官也就不再深究了。

問題是——

是爸爸做的。

這肯定是爸爸幹的好事！

噢，我的意思並非指這是爸爸的惡作劇，而是爸爸找到了惡作劇的罪魁禍首，並且把對方帶走的招牌木熊逕自物歸原主了。一定是這樣沒錯！

「真是的，到底要講幾次才聽得懂嘛！」

我握緊了拳頭，嘟囔抱怨。算不清叮嚀過爸爸多少次別再挺身涉險伸張正義，說到我嘴都發痠了，他就是不聽。那種事交由警方查案就好了嘛。

可他偏又沉不住氣——

當起小偷來了。

況且是古道熱腸的義賊之舉，更令我火冒三丈！

這不是明擺著讓我一肚子火沒地方發嗎？非但發不了火，還得反過來擔心：萬一把木熊搬回原處的時候不巧被警察逮個正著該怎麼解釋？萬一過程中不慎受傷了該怎麼辦？萬一……。

我真想馬上衝回家把爸爸臭罵一頓，可是，現在得先去買菜才行。

「哎，氣死人了！」

我老老實實地遵守交通號誌，沿著斑馬線從四丁目走向三丁目。實際上，鮮少有車輛行經這處路口，大可直接穿越馬路，不過派出所近在眼前，我不敢這樣明目張膽地違規。因此，本地居民都戲稱這處路口為「禁忌的斑馬線」。

從三丁目開始就是拱廊形式的商店街，由於上方罩著遮雨棚，難免有些陰暗；如果遇到雨天，在這裡買菜購物可是相當方便。以我來說，下雨時從大廈出門到鑽進拱頂底下，途中雖會稍微淋濕，不過除非碰上大雨傾盆，否則我通常不帶傘。

聽說以前在四丁目那邊的商店街也是拱廊建築，可惜在我出生前失火燒光了。也由於這個因素，位在四丁目的商店和住家的屋齡較新。我家那棟大廈也是其中之一。

三丁目那邊幾乎都是老店，而開在一丁目的商店則多半迎合年輕人的消費喜好。說不上是什麼原因，或許是一丁目鄰近車站，來往人潮較多吧。

雖說人潮較多，其實根本沒法和其他熱鬧的商圈相提並論。

花開小路商店街，一天比一天沒落。

大家都知道，這座小鎮保留了傳統與歷史，還有濃濃的人情味，可惜光是這樣，並不足以吸引顧客上門。事實上，這座小鎮的青年人口越來越少，但郊區的大型購物中心卻是一家接著一家開，使得商店街上的店鋪不得不關門大吉，空店面增加速度的計算單位恐怕用月比年來得合適。確實，我的同學也有好多人都搬走了。

商店街的前途一片黯淡，真的。

「現在不是嘆氣的時候！」

我一路直奔三丁目北側中間的店鋪，一塊古色古香的招牌「白銀皮革店」懸掛在店面的正上方。我嘩啦一聲推開了店門，迎面撲來的是一股混雜著皮革和黏著劑以及各種東西散發出來的獨特氣味。

「歡迎光——」

一句話沒講完就停住，站在櫃臺裡面的克己瞪大了眼睛看著我，下一秒馬上反射性地擠出了笑容。

完美的假笑。可以看到他笑僵的臉頰陣陣抽搐。

「亞彌姊，歡迎光臨！」

「好意思說什麼歡迎不歡迎的！」

好險，克己的父親辰巳伯不在店裡。我大步流星，毫不客氣地走向櫃臺，手肘往檯面一擱，猛然湊近克己的眼前。

「有、有什麼事嗎？」

瞧他的反應。果然被我料中了。

「是你幹的吧？」

「妳是指……什麼？」

臉頰抽搐的克己依然努力維持著笑容。

克己小我四歲，從他上小學的入學典禮那一天起，有好一段日子都是由我牽著手帶他一起上學的。那個時候的他真是可愛極了，成天跟在屁股後頭喊我亞彌姊姊。我是獨生女，自然很高興多了個弟弟作伴。

我心裡明白。我明白他喜歡我。用不著別人告訴我，克己這小子心裡想什麼全寫在臉上，清清楚楚。

我並不排斥他。他稱得上是個好男人，儘管有過年少輕狂的歲月，但現在已經順利繼承家業，成為備受肯定的皮革工匠了。他製作的皮夾克和皮革包很受歡迎，來自全國各地的網路訂單如雪片般飛來，這家店如今可說是靠他一個人支撐下來的。

不過，他畢竟小我四歲。身為二十五歲的大姊姊，雖然一肚子火，還是忍不住想逗逗他。

於是，我揪住他的領口使勁一拉，嘴角淺淺一笑，附在他耳邊輕聲說：

「克己……」

「請說！」

「你又在爸爸的拜託下，幫忙去偷東西了吧？北斗也一起去把那頭木熊拿回來了，對不對？」

「這……呃……」

「還不從實招來？」

「對，是我們做的！」

這傢伙真是的。

「克己，聽好了，我之前不是交代過了嗎？」

「交代過了。」

「我當時是怎麼交代的？」

「要我們再也不准幫忙亞彌姊的爸爸聖伯一起去當小偷。」

講得好。我鬆開手，站直了。

「給我聽好了，下次再犯就是絕交，別想再見到我！」

「亞彌姊，不行呀！亞彌姊——」

我沒理會背後傳來那一聲聲淒厲的呼喊，逕自推門而出。至於另一個同夥北斗，就放他一馬吧。橫豎是在克己的慫恿之下才幫忙的。那男孩膽子小，嚇得渾身發抖也太可憐了。

「唉……」

我嘆了氣。對了，還得去買菜做晚飯。爸爸說過今晚想吃炸蝦。

真是的，也不想想女兒那麼擔心他。

媽媽過世後，家裡就剩我們兩人相依為命了。爸爸已經七十歲，萬一遭到警方逮捕，說不定我們再也無法在鐵窗外見面了。

Last Gentleman-Thief "SAINT".

但凡住在英國、現年五十歲以上的人士，或許對這個稱號並不陌生。他們會笑一笑，開始回憶：「噢，我還記得呀，那是一位了不起的雅賊喔！」如果是知道更多訊息的人，則會頻頻點頭說道：「他既不傷人也不恐嚇，從不曾失風被逮。雖說是雅賊，實在值得佩服！」

是的。那個英文稱號的翻譯是：最後一位紳士雅賊「聖人」。

他是活躍於一九五〇年代末到六〇年代，偷遍全英國上流社會的無數藝術品和貴重物、但從來不曾被捕的世紀大盜。

現在英國的紀錄片節目偶爾仍會以他為主題製作專輯報導，因此他的名字不曾從民眾的記憶中消失。這名罪犯在蘇格蘭警場裡保存的紀錄檔案編號是「BK17627444」，簡稱「444」。

我到那裡留學時曾盡力蒐集一切相關資料。可是別說照片了，就連對他長相樣貌的形容，也沒有任何隻字片語。唯一的線索是，留在現場的一只繡著「saint」字樣的手套。

那就是我的父親，矢車聖人，現年七十歲。

他在英國的時候，名字是德涅塔斯・威廉・史蒂文生。

我的母親是日英混血，兩人婚後父親歸化日本籍，算算已是快四十年前的事了。「聖人」這個日文名字當然來自他的稱號「SAINT」，至於那個稱號的來由，據說是因為很多聖人都名為德涅塔斯。

關於爸爸和媽媽相識的經過、兩人結婚的過程，還有爸爸非常喜歡日本因而歸化日本籍的來龍去脈，這些事我聽過的次數連算都算不清了。當然，他們講這些事的時候總是滿臉笑容，幸福洋溢。

父母四十歲以後才生下我，從前的日本社會認為老來子不是什麼光彩的事。身為老來子，倒不至於覺得羞恥，但是提起成長過程中父母給予的百般溺愛，確實有些難為情。

爸媽都在國外住久了，日常生活中總將「我愛你」這句話掛在嘴邊，甚至到現在，爸爸和我也常用親吻代替打招呼。

從過去到現在，無論在世與否，他們都是我深愛且尊敬的父母。

只是沒想到，自己的父親居然是那名英國史上的傳奇大盜！

「亞彌姊！」

忽然聽見前方傳來呼喚聲，我定睛一看。

「啊！」

原來是北斗。他仍是穿著那套都快看膩了的深藍色運動服，頂著雞窩頭，架著黑框眼鏡，氣喘吁吁地朝我奔來。臉色還是一樣慘白。

「對不起！」

只見他腰一彎，就這麼站在大街上對著我九十度鞠躬。天啊，大家都在看呀！

「快起來！」

我抓住手臂用力一扳，讓他站直了。

「讓人家看見了，還以為我又欺負你了耶！」

雖說商店街上沒什麼客人，可是幾乎所有的店家都認得我們兩個。

「我接到克己的電話了……」

瞧他怕得都快哭出來了，我不由得嘆了氣。

「真是的……先坐下來吧。」

街邊設置了很多長椅，我們就近挑了一張坐下來。這些長椅平常都是閒來無事的老闆們一面抽菸、一面有一搭沒一搭聊天的好地方。

北斗同樣小我四歲，和克己是同班同學。

他從小就是個內向的孩子，讀中學還是高中的時候也曾一度拒絕上學，所幸他和那個不良少年孩子王的克己是好朋友，好歹總算領到了畢業證書，現在是二丁目南側那家電器行——松宮電子堂名副其實的繼承人了。

說是名副其實，似乎還有待商榷。問題在於他根本沒辦法面對面接待顧客，只能躲在店裡面負責維修工作。

「然後呢？」

「嗯。」

「和往常一樣，由你負責從商店街的監視器畫面中鎖定了搬走木熊的人，對吧？」

「對。」

「老樣子，偷偷連線到監視器主機看畫面，對吧？」

「對。」

是的。爸爸之所以能在七十歲高齡依然當個雅賊——不，嚴格來說並不是當盜賊，而是使用盜賊的技術助人為善——眼前的北斗扮演了非常關鍵的角色。從電子產品到網路程式，他樣樣精通，說不定當個駭客都綽綽有餘呢。

再加上擅長各項運動的克己對我爸爸言聽計從，這就是我那位父親儘管上了年歲卻依然寶刀未老的祕密所在。

「是誰搬走的？」

「兩個中學生，真的只是惡作劇。」

北斗低著頭，小聲回答。他額上那片長得要命的劉海，真想拿把剪刀唏嚓剪掉。

「和以前一樣，克己逼你把人找出來，然後我爸爸迅雷不及掩耳把東西搶回來了，對吧？」

「就是這樣。」

心裡很想稱讚他們本領高超，然而這樣的行為還是法律所不允許的。想想，我又嘆了一口氣，不繼續責備他了。

畢竟這種事搬到檯面上處理起來反倒更棘手。自從媽媽過世後，爸爸幾乎失去了活下去的動力，於是身為「最後一位紳士雅賊」的自豪感，也就成為他唯一的寄託了。要是連這點小小的樂趣都被剝奪，難保哪一天他就這麼撒手人寰了。

「北斗，聽我說。」

「請說。」

他終於抬起頭來看著我了，可憐兮兮的眼神像隻被主人拋棄的小狗似的。聽說商店街一丁目那家柏克萊餐廳的奈緒是他的女朋友，不曉得是真是假。眼前這個北斗和那位漂亮的奈緒似乎不太相配。

「交代克己也沒用，我只好告訴你了。」

「好。」

「我爸爸一旦決定要做就不聽勸，講了也是白講，所以至少答應我。」

北斗一臉茫然。

「答應什麼事？」

「盡全力事先規劃好撤退的方法。」

北斗的表情突然嚴肅起來。

「擬定各種作戰策略的人想必是我爸爸，而根據策略準備相關器材、負責所需機械的人是你，對吧？既然如此，請做好妥善的安排，絕對別讓我爸爸被抓走了。」

當然，克己和北斗也同樣不能遭到逮捕。

「聽懂了沒？」

「懂了，我會努力的！」

北斗向我鞠了躬告退才離開。哎，我真正希望的不是你的努力，而是根本別去做那些事呀。

尚且值得安慰的是，Last Gentleman-Thief "SAINT" 並不是壞人。

2

「亞彌，妳來啦？」

「午安！」

「想買什麼？今晚要做什麼菜？」

魚政鮮魚鋪的老闆娘俊子太太照例穿戴著紅圍裙、紅頭巾以及紅長筒靴，這身裝扮看起來可愛極了。

「請給我墨魚，我要炸墨魚圈。另外還要炸白肉魚塊，請幫忙挑一下。」

「包在我身上！今天是炸魚薯條之夜吧？」

「猜對了！」

我們兩人一起笑了起來。那是爸爸的家鄉菜，一星期總要吃上一回，否則心裡不舒坦。

「聖伯最近好嗎？」

「老樣子囉。」

真的還是老樣子。至少身上沒有任何病痛，硬朗得很。每天固定散步兩個鐘頭以上，隨意走走。從健康的角度來說當然是好事，只是爸爸每天的路線都不一樣，有點傷腦筋。

「讓他帶著手機出門，說什麼都不肯。」

俊子太太哈哈大笑。

「沒辦法，聖伯喜歡老派作風嘛。」

爸爸散步時必定穿上全套西服，帶上從二十歲用到現在的手杖。他戴著圓框眼鏡，挺直腰桿，緩慢而堅定地邁出每一個步伐。畢竟是外國人，身材高大，看起來格外氣派。

一個英國人，卻深愛著日本。因此遇上下雨的日子他就不帶手杖了，而是換成油紙傘。夏天甚至會穿上麻料和服呢。他常說，自己最尊敬的日本人是妻子和小泉八雲①。

「來，晚餐這些就夠囉！」

我接過袋子，付了錢，這時背後有一陣嘈雜的腳步聲奔了過去。是住在這附近的一群小學生。回頭一看，恰好看到了家教班學生慎吾的背影。俊子太太笑著看那群小孩跑遠了，問了我：

「家教班還好吧？」

「託您的福，還過得去。」

在這個少子化的時代，算是不至於倒閉。必須感謝教室設在爸爸名下大廈的一樓，不必付房租。

「剛才那個小男生是南龍那家的兒子慎吾吧？」

「對，是他。」

那是位於三丁目的拉麵店兒子慎吾，現在是六年級。我忽然瞥見俊子太太似乎皺了皺眉頭。

「怎麼了嗎？」

「這個嘛……」俊子太太忽然湊向我，壓低了嗓門，「沒覺得慎吾哪裡不對勁嗎？」

想了想，沒有發現什麼特殊的狀況。慎吾是個非常活潑外向的小男生，在班上充分展現領導力，在家教班裡也是個優異的學生。該笑鬧的時候大吼大叫，該專注的時候全神貫注，是個無須大人費神操心的孩子。

「有什麼問題嗎？」

我想，每個城鎮都各有情報集散中心，不過由這條商店街的眾家老闆娘所組織而成的情報網格外令人佩服。種種傳聞和真相以精準而快速的方式迅即散播開來，連電子設備也難以匹敵。

俊子太太悄悄說：

「這事不好明著講……」

「我懂我懂！」

說是不好明著講，可是話一出口，還不是等於大家都知道了。

「那一家的老闆，好像有外遇了哦……」

①原名Patrick Lafcadio Hearn（一八五〇～一九〇四），日本文學學者、民俗學者暨作家。父親為愛爾蘭裔英國人，母親為希臘人。一八九〇年赴日結婚後歸化日籍，改名小泉八雲。精通多種語言，於東京大學教授英國文學。將蒐集得來的日本民間故事與鄉野傳說寫成英文短篇集，被譽為日本現代怪談文學奠基人。

「真的嗎？」

可是，眾家老闆娘的情報網怎麼會有這則消息呢？難道說，慎吾的媽媽已經知道了？

問了俊子太太，她說自己還沒告訴其他人。

「我想，這件事目前只有我一個人知道哦！」

「您看到了什麼嗎？」

「事情是這樣的……」

俊子太太說，事情大約發生在一週前的星期六。她每天都會開著小貨車，把魚送到顧客府上，以服務那些老人家或不便出門的人。

那一天，她照例送魚給兩公里遠外的朝日鎮的一位客戶，送完貨後正準備回來，卻看到了一個熟悉的小孩身影出現在隔壁公寓。

「您看到的是慎吾嗎？」

「沒錯！」

她起初以為慎吾是到朋友家玩，但是那裡屬於另一個學區，而且慎吾的樣子鬼鬼祟祟的，一直在偷看公寓的其中一戶。

「我心想，他該不會打算做壞事吧，正想開口喚他的時候……」

只見慎吾突然拔腿逃到旁邊的垃圾場裡躲了起來。下一秒，那戶人家的大門推開，從屋裡走出了一個年輕女人。

「年輕女人？」

俊子太太朝四下張望，小心翼翼地點點頭。

「那個女人呢，在附近那條無孝街的酒館上班。」

「酒館？」

「不止這樣哦……」

她說，南龍拉麵店的老闆好像常去那家小酒館。

「這麼說……」

我們兩人面面相覷，同時尋思了好一會兒。

「也就是說……」

「妳正在想的事，應該和我想的事一樣。慎吾那孩子，是個行動力強、又有正義感的小男生吧？」

「是呀。」

一點也沒錯，慎吾就是這樣一個男孩。

「當然啦，也可能是我多慮了。」

這時其他顧客來買魚了，俊子太太拍了拍我的手臂，招呼客人去了。她臨走前拍的那兩下，意思是讓我多加留意慎吾的舉動。

「真的嗎……」

我嘟噥著，往家的方向走。

大廈一樓是我的職場，矢車英數家教班。

家教班一開始是由我爸媽經營的，同樣位在這棟大廈前身的破爛小公寓的一樓。散發出濃濃昭和氛圍的小朋友們，以及爸媽年輕時的身影一起留在那個年代的照片裡，看著照片不由得令人露出微笑。

在當時，由道道地地的英國人主持的英文家教班十分罕見，學生報名相當踴躍。

如今學生總數是十名。雖然每一期的人數略有增減，最多大概不會超過這個數字。反正不必付房租，只要能賺到我一個人的開支就夠了，還算能維持下去吧。

我通常先做好爸爸的晚餐，自己稍稍墊個肚子，下午四點半打開家教班的門，等著迎接較早下課的小朋友們。小朋友們放學後就來到這裡，各自寫起功課或習作。

這個時段是小學班，六點過後就輪到中學班上課了。

「午安！」

「好，午安。」

稍早談論話題中的主角慎吾來到教室了。接著陸陸續續進來的是佐東藥局的小愛、大學前書店的小菜以及翔哉。這四個小朋友雖然有五年級和六年級，但家住得近，非常要好。

慎吾看起來和往常一樣。我畢竟是教師，平時也會留意小朋友的狀況，並沒有發覺任何不對勁的地方。

「亞彌老師！」

「什麼事？」

小愛圓圓的眼睛可愛極了。

「大熊熊出門回來囉，老師知道嗎？」

我苦笑了。「大熊熊」是這一代的小朋友們對寶飯中菜館那頭招牌木熊的暱稱。

「老師知道呀，派出所的三太警官告訴我了。」

「聽說大熊熊自己走去別的地方了！」

小菜急著說。

「我聽說大熊熊還爬到屋頂上了喔！」

臉蛋特別小的翔哉跟著補充。

「聽你們亂講，怎麼可能嘛！」

慎吾做了總結，大家呵呵笑了起來。話說回來，搬走木熊惡作劇的中學生們真不簡單。還有，爸爸他們在行人往來的時段搬回那頭大木熊而不被任何人發現，究竟是怎麼辦到的呢？

通往大廈的門扉傳來敲門聲，每個小朋友都喜孜孜地看向那邊。

來囉！

門扉緩緩開啟，一道頎長的身影出現。瘦瘦高高，滿頭銀髮，濃密的鬍鬚，嘴角上揚，露出微笑。

「Hello! Ladies and Gentlemen.」

出現的人是我爸爸，矢車聖人。

「Hello! Mr. Saint!」

笑嘻嘻的小朋友們齊聲問好。

「Good! 發音一樣非常標準！」

爸爸說完，開始分送帶來的甜甜圈。這是爸爸的例行任務。小朋友們滿心歡喜能吃到甜甜圈，總是非常期待我爸爸的到來。

「慎吾，今天在學校有沒有認真上課呢？」

「當然！」

「很好，給你一個 doughnut。」

「Thank you!」

「小愛，上課有沒有睡著呢？」

「沒有睡著！」

「很好，給妳一個 doughnut。來，小菜，上學有沒有遲到呢？」

「沒有遲到！」

「Good! 給妳一個 doughnut。那麼，翔哉，營養午餐有沒有吃完呢？」

「對不起，今天中午是韓式拌飯，我不敢吃。」

「今天是韓式拌飯哦。難免有些不敢吃的東西，長大以後敢吃了就好。來，給你一個 doughnut。大家先把手擦乾淨再吃。」

爸爸總是像這樣，和每個小朋友聊一句話，然後才慎重其事地放下一只用紙包裹的甜甜圈。一板一眼，從不妥協。

「謝謝聖伯——！」

爸爸站在稍遠處，滿面笑容地望著小朋友們津津有味地大口咬下甜甜圈，看起來很喜歡小孩。但是他說並不是單純喜歡小孩，而是喜歡見到孩子們勤奮向學的模樣，因此必須提供誘因。這又是一則英國紳士典型的英式幽默。

「聖伯——」

幾乎以一口吞光的飛速吃完了甜甜圈的慎吾開口發問。

「什麼事呢？」

「差不多三十年前，聖伯那時在英國吧？」

「確實如此。精準而言是三十八年前，我是在昭和四十七年來到日本的。」

慎吾滿臉喜色地湊向前繼續發問：

「那，聖伯聽過那個英國大盜嗎？那個人叫做『紳士雅賊聖人』！」

3

家教班下課後收拾打掃完，從一樓回到大廈頂樓的五樓家中，時間通常是晚上九點二十分左右。

說是大廈，並不是高聳的摩天樓。每層四戶，一樓是家教班，因此總計可入住十二戶，不過目前有兩戶是空屋。主要的收入來源是房租，家裡只有父女倆，只要不奢侈揮霍，已是綽綽有餘。

「我回來囉——」

門一推開，滿屋的紅茶芳香。今天的香氣不曾聞過，特別清爽，又帶點甜味。

「很好。」

穿著居家吸菸裝的爸爸歡迎我回來。他總是為我先沏好紅茶。

「這香氣真高雅。今晚沏的是什麼？」

「這茶取了個莫名其妙的法國名稱『諾瓦爾．薩克』，按理說應該是大吉嶺和玫瑰的調和茶。」

這香氣確實不錯——爸爸說著，在廚房的餐桌落了座，我也跟著坐下來。爸爸提起擺在桌上那只圓滾滾的茶壺，為我的瓷杯斟入顏色極美的紅茶。當然，整套茶具都是英國製的老瓷器。

這套茶具從小用到大，十分珍惜，清洗的時候總會格外小心。爸爸說談錢俗氣，不肯告訴我確切的價格，但可以想見相當昂貴。

老實說，像這樣的日常器皿，我很想用商店街一丁目山下商店賣的幾百圓廉價茶具即可，可是爸爸說什麼都不允許。不單是茶具，包括飯碗和味噌湯的湯碗，爸爸都自有一套標準，堅持使用高價上等貨。多希望他能體諒體諒洗碗的人天天提心吊膽哪。

「好喝！」

「還可以。」

父女相視一笑。我點點頭，開始張羅自己的晚餐。下午做好的菜放進微波爐裡復熱。味噌湯則是爸爸幫我熱好了。

飯前空腹喝杯紅茶，不僅可以暖暖身子，還有助於促進食欲。

「開動了。」

「嗯。」

其實很希望和爸爸共進晚餐，無奈我得打理家教班，時間上無法配合。所以等到我吃晚餐的時候，爸爸會特地同桌喝茶，陪著吃飯。

「紅茶，一樣是葛蘭先生寄來的？」

「沒錯。」

爸爸和故鄉英國幾乎已經斷絕關係了，唯一保持聯絡的人是摯友葛蘭．海菲爾德先生。爸爸只說對方還年輕，卻不願說出他的年紀、從事何種職業。我猜，應該是一位上了年紀的男士。縱使親如父女，仍應各自保有祕密，如此人生更為豐富多彩——爸爸說這段話出自英國古諺，不曉得是不是真的。

「小朋友們都好嗎？」

「嗯，和平常差不多。」

這是結束工作後，只屬於我們兩人的時間。

在這段寶貴的時間裡，我們會聊聊家教班的小朋友們，或是今天發生的事。爸爸除了出門散步的那段時間以外，一整天都待在自己的房間裡。他沉默寡言，家事只負責沏紅茶和刷浴室這兩項。

「啊，對了！」

「怎麼了？」

「慎吾……」

商店街三丁目北側南龍拉麵店的兒子。剛才吃甜甜圈的時候問了爸爸是否聽過「聖人」的名號，令我有些驚訝。

「慎吾怎麼了嗎？」

「聽魚政的俊子太太說……」

我把聽來的內容轉述一遍。也就是俊子太太在朝日鎮的公寓發現慎吾奇怪的舉動。

「俊子太太懷疑，會不會是慎吾的爸爸外遇，而對方是無孝街上一家小酒館的女公關？」

爸爸雙眼微瞇，側首推敲。

「換言之，俊子太太的推論是：慎吾偶然目睹了父親的出軌，為了掌握對方的身分於是前往那棟公寓調查，而這一幕恰巧被自己目擊了……對不對？」

「就是這麼回事。」

爸爸的鬍鬚往左右移開，露出了微笑。

「俊子太太是個勤快又和善的女士，不過對那類事情的興致似乎高了些。」

「也不是這麼說，一般人對那種話題大多有興趣嘛。」

爸爸苦笑起來，點了頭說道：

「唔，我知道她是個好人。她之所以關注某位鄰居，代表尊重對方的生活態度，並且希望對方能夠安安穩穩地過日子，我並無責怪她之意。不過……」

爸爸說到這裡停頓下來，端起紅茶啜飲一口，再往下敘述：

「以六年級的男生而言，慎吾的舉動確實令人納悶。」

「就是說嘛。」

「想必有其理由。」

「當然有理由才那麼做呀！」

「那位女士在無孝街上哪一家小酒館工作？」

我沒向俊子太太問那麼細。

「為什麼要知道店名呢？」

「不消說，既有疑問，自當解惑。」

「別多事！」

求求爸爸別再多管閒事了。

「目前還沒有發生任何狀況，我會格外留意慎吾的舉止，必要時也會聯繫他的班導師藤崎老師。」

慎吾的班導師藤崎老師有一頭飄逸的秀髮，恰巧與我上同一間健身房。爸爸瞇起眼睛看我。

「亞彌。」

「請說。」

「妳對我的健康狀況過慮了。」

我憂心的不是健康。當然，並不是說對那方面完全不擔心。

「我的意思是盡量保持低調。」

這裡指的是爸爸。

「畢竟是有案在身的『罪犯』，難道忘了嗎？」

「亞彌。」

「什麼事？」

就算露出那種悲傷的眼神也沒用。那雙深邃的藍色眼眸，我打從出娘胎已經看了二十幾年，早就免疫了。

「太遺憾了，沒想到竟將我形容成窮凶惡極的壞人。」

「人家又沒說錯，當了盜賊是事實呀。」

剛才慎吾發問的時候，嚇得我心臟差點跳出來，險些尖叫問他是怎麼知道的？

「我也曉得，『紳士雅賊聖人』在英國有專書介紹，在日本應該也可以從網路上查到一些訊息，只是從沒想過，居然從班上學生的嘴裡聽到這個名號！」

「兒童對任何事物感到興趣都是好事。」

「一點也不好！」

慎吾大概是湊巧在網路上看到「聖人」的事蹟。

「他居然佩服一個小偷耶！」

「小孩子難免這麼想。兒童卡通裡『怪盜』經常都被視為偶像。」

「卡通也就算了，問題是『聖人』是活生生的真人！」

就是此時此刻坐在我面前的這個人。

「當初不就是懶得再到處躲避警方的追緝，所以才成為日本人來到這個鄉下地方的嗎？不是下定決心要和媽媽在這裡安安靜靜地走完一生了嗎？這幾十年來不是安然度過了嗎？既然如此就照這樣安享晚年！」

「亞彌，我覺得……」

「怎樣？」

「盜賊的日文詞彙『泥棒』實在有失文雅。我常想，『Thief』這個單詞的日譯『泥棒』未免太不合襯了。話說，為何是將『泥』與『棒』二字放在一起呢？到底是什麼人創出這個詞語的呢？」

「那種事根本不重要！真想知道去請教金田一先生②！」

總而言之──

「一舉一動請像個老人，像個大人！」

「妳真嚴厲。」

我並不喜歡對爸爸這麼嚴厲。

「我是代替媽媽看緊您！」

是的，媽媽常把這話掛在嘴邊。我的母親，矢車志津。一位明知爸爸是盜賊仍毅然與他交往結婚的女子。

媽媽常把這話掛在嘴邊：妳爸爸是與生俱來的「紳士雅賊」。

他不停追求著一種快感──如何在目標對象的眼前施展最華麗的騙術盜走金銀財寶，並且贏得知悉此事之第三者的讚譽。

就某層意義而言，他堪稱「藝術家」。

並且，我爸爸確實是一位頂尖的藝術家。

他的這項癖好早已戒改無望了。倘若老天允許，多麼希望由著他隨心所欲窮盡畢生精進那項技藝，然而那畢竟是犯罪行為，我無法答應。既然如此，只能強迫他將那種渴望轉向其他方面，並且必須不斷耳提面命，讓他千萬別多管閒事。

「不可以做壞事！」

所以這句話簡直成了我的口頭禪。

「聽到了沒？」

爸爸看著我，聳聳肩。一個英國人做出這種動作，實在太有魅力了。剎那間還以為自己置身於電影之中呢。

「有件事妳誤解了。」

「哪件事？」

爸爸咧嘴一笑，說道：

「我來到日本的理由之一，的確是希望過上安靜的小日子，但更重要的是……」爸爸緩緩望向客廳一隅。擺在角落的那張小圓桌上擱著許多相框，其中多幀相片都充滿了媽媽爸爸的回

②日本作家橫溝正史（一九〇二～一九八一）的推理小說系列的主人公，名偵探金田一耕助。

憶。」

「……我愛志津，我也愛日本這片土地。」

喔，是的，確實沒錯。我也跟著無奈地笑了。

「是呀，的確是這樣。」

「當然，我完全無意做不好的事，如果只是注意孩子的安全，應該可以吧？」

「只能注意孩子的安全。」

那倒是可以。

「別老想著非親自出馬調查不可，請全神貫注在模型家德涅塔斯．威廉．史蒂文生的工作上。」

是的，那是家裡的另一項收入來源。爸爸是世界聞名的模型家，尤其專精於將黃銅雕刻打磨為古典車模型。全球各地甚至有不少蒐藏家酷愛他的作品。

他的雙手果然特別靈巧。

「唔，工作自然不會耽擱。」

我開口說吃飽了，爸爸便拿出打火機靠近菸斗的斗缽點燃，叭嗒叭嗒地吸了幾口，忽然間，一股枯葉的氣味飄了出來。我不抽菸，更討厭菸臭味，不過，我同意菸草味和紅茶香、咖啡香倒是有相輔相成的功效。

「亞彌，不過……」

「怎麼了？」

「慎吾雖是個活潑的男孩，但也有相當纖細、敏感的一面。」

「嗯。」

確實如此。沒想到爸爸連這一點都看出來了。

「這種性格的孩子，必定有相當重要的理由，才會採取那麼直接的行動。」

爸爸緩緩地換了個坐姿，又吸了一口菸斗。紫色的菸氣伴隨枯葉的味道冉冉上升。

「我們還是再仔細思考一下，較為妥當。」

4

走在花開小路上，我不禁懊惱起來。

「到頭來，好像還是被爸爸牽著鼻子走。」

起床後做了並非英國式而是純和風的早飯一起吃完後，爸爸出門散步，我則利用上午時段洗衣打掃。

接下來直到家教班上課前，都是屬於我自己的時間。想做的事當然很多。電視節目和電影的待看清單已經列了一長串，偶爾也想打電話約朋友出來逛逛街、吃吃午餐，聊個過癮。

這麼寶貴的時間，我卻用來和北斗碰面。

慎吾的事實在無法置之不理，若要私下調查清楚是怎麼回事，只能拜託北斗了。

「嗯，畢竟是我的學生。」

我告訴自己：雖說只是家教班，但我依然身為人師，關心學生是天經地義。

時間剛過上午十點。絕大多數商店的鐵捲門都拉起來了，也有幾扇鐵捲門終年緊閉，上面遭人塗鴉亂畫。近來有個名詞叫鐵捲門街，這個用來形容商圈沒落的語詞令人心痛無比。

所幸這條商店街尚未淪為那副光景，不少店家對此亦頗具危機意識。但也有一些老店主儘管有危機意識，但反正自己來日不多，像這樣湊合著餬口也就罷了。我在這條商店街上長大，希望這裡可以永遠生氣蓬勃，如果有任何幫得上忙的地方，我一定會竭盡全力，問題是不曉得該從何幫起。

人多口雜，齊心協力並不容易。今天早報的地方版刊載了一則消息，市郊又有一家大型購物中心即將開幕了。

「什麼時候會輪到這裡呢？」

我邊走邊嘆氣。一踏進二丁目的拱廊，坐在長椅上的北斗身影隨即映入眼簾。這件事不方便在店裡討論，而附近的咖啡廳從老闆到客人沒有不認識我們的，想了想還是坐在店前的長椅上假裝閒聊的樣子看起來最自然，不至於引人側目。

「早安。」

「早。不好意思，一早就找你商量。」

「是哦，慎吾問了這件事？」

我轉述了慎吾從網路上查到「紳士雅賊聖人」一事，北斗很佩服這個小男生。我雖然熟悉手機的各項功能，電腦軟體部分也常用 Excel 和 Word，不過對網路搜尋就不太拿手了。

「佩服他哪一點？」

「他是如何搜尋到這些資料的？」

「什麼意思？」

北斗咧嘴一笑。真是的，如果常常像這樣露出笑容，一定可以提升好感度。

「若用『聖人』這個關鍵字上網搜尋，頂多查到一些動漫資訊而已。」

「是哦？」

「是啊。聖伯的相關訊息只會出現在英文的搜尋結果裡。」

「喔……」

原來如此。

「我會定期搜尋，絕對錯不了。截至此刻，網路上絕對查不到關鍵詞『紳士雅賊聖人』的任何資訊。所以，慎吾只能用『Last Gentleman-Thief』或『saint』的英文單詞才能搜尋得到。」

「定期搜尋？」

難道……？

「你擔心我爸爸的安危嗎？」

北斗聽了我的問話，難為情地點點頭。

「畢竟那邊的通緝時效還在追溯期內嘛。不過英國警方沒再繼續公開搜查，大概以為他已經死了吧。」

「謝謝！好感動！」

連親生女兒都沒有考慮到這一點，真的很感激北斗這麼細心。原來如此，難怪柏克萊餐廳的奈緒會喜歡他。這麼說來，奈緒看男人的眼光挺準的喔。

聽到我的道謝，北斗不好意思地笑著說沒什麼，接著說：

「但是就算用那些英文詞語搜尋，除非已經有明確的目標，否則也無法找到有用的資訊。況且還得具備相當不錯的英文程度，不然也看不懂整篇文章吧？慎吾的英文那麼厲害嗎？」

我搖了頭。

「怎麼可能呢？」

若要完全理解網路上的文章，其英文程度至少要到高中的頂尖程度，但慎吾才小學六年級。

「他最多看得懂英文歌的歌名吧。」

慎吾的確很聰明，英文程度已經相當於中學生了，但要讀完並且理解長篇英文，根本不可能。

「既然如此……」

北斗伸出食指，在空中轉了幾圈。

「比起他爸爸的外遇問題，慎吾這個小孩是用什麼方法查到『Last Gentleman-Thief』的，這更令我介意。」

北斗說得沒錯，仔細想想，確實是後者更讓人懷疑。

「好，等他明天來家教班上課，我會用婉轉的方式問問看。」

「這樣也好。我回去後也會上網試一下，看看他是怎麼查出來的。」

真的很感謝北斗的幫忙。

「那麼，關於南龍拉麵店老闆的外遇問題……」

「嗯……該怎麼處理呢？」

北斗歪著頭，雙手抱胸。

「有沒有辦法查證呢？」

藏在黑框眼鏡底下的那雙眼睛出乎意外的可愛，此時卻轉為嚴肅的目光。

「妳說是無孝街上的小酒館，對吧？」

「對。」

「那條街上的小酒館只有兩家，如果要找年齡適合當南龍老闆外遇對象的女人，應該在『美人魚』。那家店最近雇用的女公關挺符合這個條件，至於名字，還得去打聽。」

「不愧是萬事通！」

擔任花開小路派出所勤務屆滿二十年的角倉警官，對於轄區內家家戶戶的大小事務可說是無所不知，而北斗對近鄰的熟悉程度堪稱不相上下。理由說來令人嘆氣，只因他幾乎足不出戶，閒來無事只好觀察街坊鄰居了。

「你想到辦法調查那個女人是不是南龍拉麵店老闆的外遇對象了？」

「這個嘛……」

北斗抱頭苦思。他雖擅長掌握情報，可惜缺乏行動力，擬定調查策略並非他的強項。

「無孝街上沒裝監視器。」

「是呀。」

嚴格而言並非合法行為，若是路口裝了監視器，對北斗來說簡直不費吹灰之力。

「那只是一家小酒館，所以櫃臺應該沒有設置連接網路的電腦。」

「是呀。」

如果有那麼高級的設備，反倒令人吃驚。

「如果有連接網路的電腦，事情就好辦了嗎？」

「當然好辦！」

北斗解釋，現在的電腦多數有內建麥克風、視訊鏡頭，可以透過網路入侵那些配備，聽到或看到店家內部的狀況。真令人意想不到。

「不過，萬一電腦沒開機，那就無計可施了。」

「說得也是。」

這點基礎常識我還懂。北斗接著說：

「所以呢，如果要進一步調查，還是只能找克己過來幫忙了。」

「你和克己兩個打算怎麼做？」

「比如說，一起去那家店喝點小酒。」

有道理。恐怕只有這一招了。

「反正我們兩個本來就經常到不同的店家小酌幾杯，也常光顧無孝街上的鳥八。」

鳥八那家店我也去過，烤雞肉串堪稱一絕，其他的餐點也很美味。

「你的意思是說，先去鳥八，之後順道到那家小酒館喝酒聊天。」

「是的。」

我看也只有這個法子了。

「這是最不引人注意的方式了。」

「應該是。」

唯一不妥的是，請克己幫忙，等於又讓他燃起一絲希望，心裡挺過意不去的。

「那，我去找克己商量看看。」

「麻煩妳了。只要克己OK，我也沒問題！」

北斗笑著說。哎，我說北斗，你也該獨當一面了，別老是跟在克己後面呀。

「啊！」

「怎麼了？」

我正要起身，北斗卻抬起手示意我等一下。

「還有其他事？」

「呃……」

北斗不太肯定地歪著頭說：

「那個……也許是我多心了……」

「快說快說！」

「算了，沒什麼。」

真急死人！

「別吊胃口了，快點講！」

北斗推了推眼鏡，才開口：

「其實，很多人都會來找我訴苦，譬如抱怨家裡的煩惱。我通常待在店的最裡面，鄰居們常從後門進來，把很多事情說給我聽。」

沒錯沒錯，松宮電子堂的後門上方突出一大塊屋簷，周圍還用木板圍起來，有點像倉庫。很多待修或報廢的電器以及各種物件，統統堆在那裡。小時候，大人禁止我們靠近那地方，不過男生特別喜歡那些東西，經常偷偷跑進去玩，最後總是挨了一頓臭罵。

而且，就在電器行的斜對面，還有一座小到不能再小的花開公園。

那座公園真的非常小，休閒設施只有大象造型的溜滑梯、盪鞦韆以及長椅，此外還有熄菸桶與飲水台，再加上一小片草坪，所以這附近的叔叔阿姨和爺爺奶奶都喜歡到這裡抽根菸休息一下。

「所以呢？」

「這只是假設。」

「嗯。」

「拿佐東藥局來說吧。」

「佐東藥局？」

位於商店街三丁目南側的佐東藥局。在三丁目的商店中應該是店齡最久的一家。此外，也是我家教班學生小愛的家。

北斗朝周圍打量了一下，壓低了聲量。

「那家藥局的老闆娘常去牛郎俱樂部，被年輕的男公關迷得神魂顛倒，這件事妳聽說了嗎？」

我下意識伸手摀住了自己的嘴巴。

「沒聽說。真的假的？」

「是真的。佐東家的爺爺來找我吐苦水，叮嚀務必保密。」

「怎麼會這樣？」

我無意批評別人的嗜好，只不過——

「那家藥局的老闆娘，也就是小愛的媽媽囉？」

「是這樣沒錯。」

我當然見過小愛的媽媽，只是不曉得名字，印象中的她個子不高，很有親和力。

「不單這一家……」

「還有別家？」

「大學前書店的美波，認識嗎？」

「美波？」

如果是商店街一丁目北側的大學前書店，那就是鈴木家了。這附近曾有一所大學，當時就有這家書店了，歷史非常悠久。如今那所大學已經遷移校址了，而那正是導致這個商圈沒落的主要因素。

「我和她完全沒有交集，年紀好像和我差不多吧。」

「她是我們的同學。她妹妹小菜也在家教班上課。」

「沒錯沒錯！」

鈴木菜津埜，小學五年級，姊姊大她很多歲。我只知道這些訊息。

「她和有婦之夫在交往。」

這可不好。

「你聽誰說的？」

「另一個男同學相川，上高中時他和美波是一對。」

「也就是他向你埋怨前女友最近做的傻事囉？」

「對。」

「她和誰交往？」

「這我就不清楚了。總之，可以肯定是和一個年紀比她大的男人在一起。」

不過，這個問題同樣事關隱私。我當然不太贊同和有家室的人交往，不過一旦動了真情，或許難以自拔。我有個要好的朋友，目前同樣身陷泥沼之中。

「大家願意告訴你的事還真不少。」

「確實不少。」

我不禁苦笑。以前從沒想過，現在才察覺或許北斗是個很好的傾聽者。

「除此之外，還有一些小小的巧合。」

「你說。」

「沒發現嗎？把慎吾的事和剛才那兩件事放在一起想一想。」

「放在一起？」

我想了一下。北斗以熱切的眼神看著我。

「這個嘛……」

我想不出來。心裡只是訝異，沒料到大家的日常生活當中居然藏有這麼多祕密。除此之外，實在不知道還有什麼值得一提的了。

「我們剛才談的這三件事，包括慎吾的那件在內，這三個當事人的家裡都有小孩上亞彌姊的家教班。」

「對耶！」

想想，的確沒錯。

「真湊巧。」

北斗一聽，瞇起了眼睛。

「不覺得太巧了嗎？」

什麼意思？

「這個學區，包含我們花開小路商店街在內的小學生和中學生大約有五、六十名，其中十名在亞彌姊的家教班上課，對吧？」

「對。」

「短短幾週內，我就聽到這十人中的三個家裡出了狀況，而且都是些只在晨間連續劇裡才會出現的情節。這樣的機率，未免太高了吧？」

嗯，經過北斗的分析，確實如此。

「你說得有道理。」

我們面面相覷，同時感到納悶。

「究竟是怎麼回事呢？」

「到底是怎麼回事啊？」

一點頭緒也沒有。

5

「喂——亞彌啊——」

剛走到路口，站在派出所那個轉角的前面準備過馬路，突然從派出所裡面傳出喊我的聲音。

那個拉長尾音的喊聲同時也讓克己嚇一跳，不自覺打了個哆嗦。情非得已，只能回過頭去笑咪咪地回話：

「喔，您在這裡呀。」

光溜溜的謝頂、長長的白鬍鬚，泰次郎老伯端著茶杯，優哉游哉坐在一張鐵椅上朝我揮著

手。我只得退了兩步來到門前，但沒有踏進裡面，這是為了避免自己被他抓住。

「怎麼，白銀家的兒子也在？」

「喔，您好。」

克己鞠了躬。花開小路商店街的耆老島津泰次郎，島津綢布莊的當家主。雖然還掛著綢布莊的招牌，但是現在店裡陳列的商品包括各種布類物件，風格頗為奇特。

說起這位老伯，凡是不慎誤入其半徑一公尺範圍內的女性都難逃厄運，他總會假藉自己腳痛啦、腰痛啦、肚子痛啦等等理由，整個人貼到女性的身上。之所以至今沒人控告性騷擾，只因為他已是垂垂老矣。恐怕連知道他正確年齡的人都已經不在了。如此高齡，對異性的興趣卻絲毫未減，其生命力之強韌可見一斑，令人欽佩。

「喂，白銀家的！」

「什麼事？」

「你這小子該不會向天借膽，對亞彌有意思吧？」

「才、才沒有！」

克己慌慌張張地解釋，是亞彌姊找他修理皮包，他正好要出門，因此順道去看看估個價。嗯，這是真的。剛才我去他那邊打算商量慎吾的事，不巧克己的父親也在店裡，不方便詳談，忽然想起家裡有只皮包要請他修理，所以他陪著我一起回家。

「也罷。總之，你這沒用的小子，不許喜歡上亞彌！」

這話或許有道理但輪不到你這老色鬼說——我勉強壓下火氣，擠出一個微笑。看得出來克己同樣忍耐著不朝那老頭怒吼一聲「少囉唆！」畢竟都是成熟的大人了。

「亞彌，今晚又要叨擾，偏勞了。」

「您客氣了，恭候大駕。」

「回頭請聖兄也撥個冗吧。」

我從派出所牆上的鏡子看到號誌已經變綠燈了，趕緊回了一句「一定轉達」，立刻退場。三太警官和角倉警官紛紛露出無奈的微笑，朝我揮手道別。派出所的員警真不容易，還得接待這些把派出所當成散步途中休息站的老爺爺老奶奶。

「我得去張羅了。」

「每次都麻煩妳，真辛苦。」

商店街例會，每三週舉行一次。過去是各路段有各自的例會，現在則是從一丁目到四丁目的商店聯合舉行。不但商店數量銳減，願意出席的老闆也愈來愈少了。雖說這是一條歷史悠久的商店街，畢竟也有新商家加入，想法各不相同。

所以，在這不景氣且前途茫然的時代，總不能為了舉行例會而增加支出，能夠免費借用的大場地就只有我們家的矢車英數家教班了。所有老闆能夠參加會議的時間恰好家教班已經下課了，況且這裡不是榻榻米的和室裝潢，不至於有人開會到一半順勢躺下去睡著了。

最主要的原因是，我矢車家永遠身負提供商店街例會糕餅飲料的使命。

「亞彌姊。」

走進電梯後，克己開口問我：

「我從很久以前就覺得奇怪，為什麼非由你們提供不可？」

「我也覺得累人呀。」

據說是因為矢車家曾是這一帶的大地主，花開小路商店街原本是許多大雜院，住在這裡的人都是矢車家的房客。

「那麼說，矢車家以前是房東囉？」

「你不曉得？」

「好像小學的時候聽過是地主。」

「我看，你根本連『地主』是什麼意思都不懂吧？」

克己露出「被發現了」的表情。

「現在知道了啦！」

「那還用說。」

當時，矢車家就會定期舉行宴會讓所有房客同歡共樂，也就等於主辦當地居民的聯歡會。

「從前矢車家是一方望族吧。」

「已經是很久以前的事了。」

而過去的居民聯歡會，也就漸漸演變成這條花開小路商店街老闆們的例會。儘管矢車家的財力早已大不如前，然而因循慣例，提供開會點心幾乎成為我家的義務。

「所以說囉……」

好像也沒理由抱怨。雖說即使不提供點心，應該也不至於有人怪罪，只是重視傳統與歷史向來是爸爸的堅持。

「亞彌姊，話說回來……」

就在我打開門鎖走進屋裡的時候，克己開了口。

「怎樣？」

「矢車家同樣面臨考驗吧。」

的確，克己的意思我懂。矢車家這一代的當家主是我。雖說是當家主，其實繼承的也只有這棟大廈，還有一點點周圍的土地而已。爸爸只是女婿。

也就是說，我必須結婚生子，否則矢車家就會在我這一代斷絕香火。這樣一來，往後再也不會有人在商店街例會提供茶水點心了。

「你該不會準備對我說『所以和我結婚吧』……？就這樣隨隨便便向我求婚？」

「不不不！怎麼可能！」

克己兩手直搖，急得臉都紅了。

「我的意思是，矢車家在財務上也挺吃緊的吧！」

我完全明白克己的意思。不好意思，開個小玩笑囉。

「逗你的啦！快進來。」

屋裡當然不是只有我們兩個獨處，爸爸也在家。

小時候，克己常到以前的舊家玩。這棟大廈是五年前落成的，之後克己也常有機會來，對這間屋子已經很熟悉了。他喊了聲「打擾了——」，快步進了客廳。

「你來了？」

爸爸把陽台的窗戶全部打開，讓屋裡空氣流通，優雅地坐在沙發上喝著紅茶。他說開著窗戶才舒服，在家時常這樣；可是開太久，外頭的灰塵也跟著飄進來了，所以我不太喜歡開窗戶。

「聖伯好！」

「今日有何貴事？」

「亞彌姊說有個皮包要修理，讓我來看看。」

我還沒告訴克己想拜託他幫忙慎吾的事。總覺得自己好像落入爸爸的圈套了，有點不甘心。

「『寇基』，來得好！」

「有事吩咐嗎？」

每次爸爸提到克己時，發音聽起來卻像是「寇基」。他在日本生活多年，日文非常流利，堪稱完美，但終歸是外國人，難免帶點外國腔調。

「你那邊有沒有金工線雕用的斜口刀備貨？」

「壞了嗎？」

斜口刀是什麼模樣來著……。

「刀刃鈍了點。」

克己攤開雙掌，伸到爸爸面前：

「那麼，請交給我，我送到一丁目的內田刀具那裡磨利。」

爸爸臉色略顯為難，問道：

「內田刀具……技術夠嗎？在那裡雖買過刀，但不曾委託磨刀。」

我也一樣，很久以前在那裡買過除毛夾，可是沒拿刀子去那裡磨過。日常生活中不太需要磨刀子。我一向盡量在這條商店街上買東西，唯獨那家店幾乎沒什麼機會光顧。

「沒問題，我的刀子也交給內田磨，技術相當好。」

「這樣啊，那就麻煩你了。」

爸爸露出微笑，起身回房去取斜口刀。他對克己的眼光和技術全盤信任。兩人的年紀相差近五十歲，卻像合作多年的搭檔，彼此信賴。這就是他們之間的相處模式。

而這一切，全都是從克己得知爸爸真實身分的那一天開始的。

約莫三年前。克己剛從高中畢業，我也才結束了為期一年的英國留學生活，回到日本不久。不在家的這一年，原本那個不學好、成天給父母添麻煩的克己，突然變得成熟穩重，認真學習家業，這樣的轉變令我大為吃驚。不過，即便在他不學好的那段時期，見到我時依然和從前相同，開心地連聲嚷著「亞彌姊、亞彌姊」，所以就個人的感受而言，我並不覺得有什麼不一樣。

至於我本身受到的震撼則是，雖然從小就從父母那裡知道了爸爸的身分，但直到待在英國的這一年才終於對自己的父親是世紀大盜這件事有了無比深刻的體悟。並且，彷彿就等著我回來似的，我才踏入國門，媽媽竟因病猝逝，爸爸也因悲傷過度而一蹶不振。事情一樁又一樁，全都發生在那段時期。

就在那個時候，北斗告訴我，為何克己會改過自新，努力繼承家業。

因為他遭到詐騙了。

店裡最重要的存款統統被騙得精光，一毛不剩。

北斗不肯詳述細節，說是會給亞彌姊帶來困擾，只說和黑道有關。歸根結柢，就是克己素行不良的那段日子結識了那群人，引狼入室。

於是，克己清醒了。

他終於發現自己過去給父母添了多少麻煩，甚至還捅了這樣天大的簍子。儘管為時已晚，他還是認真思考，該如何拯救面臨破產危機的白銀皮革店。北斗告訴我，事態相當嚴重，照這樣下去肯定倒閉。

無能為力的我，只能在當天吃完晚飯後，把這件事告訴了喝著紅茶、吸著菸斗的爸爸。

「亞彌。」

爸爸沉思片刻，緩緩地喚了我。

「是，爸爸。」

「妳說過，覺得爸爸很厲害。」

「嗯？喔，您是指『Last Gentleman-Thief』吧？」

嗯，我的確這樣認為。竊盜屬於犯罪行為。無論基於任何理由，從持有者手中偷走東西，都是不應該的。就算偷走的是對方非法持有從某地偷來的名畫，即便盜走的是對方以非法手段賺得的錢所購買的高價物品。

換言之，縱使Last Gentleman-Thief"SAINT"等同於日本的義賊，仍然不會改變其犯罪事實。所以，請恕不敢苟同。

不過，對於其盜取的技巧與精神，我十分佩服。如此華麗的手法堪稱藝術，況且過程中絕不傷害任何人的身體，這點也令人讚嘆。

「妳覺得我厲害，也就是佩服吧？」

「是呀。」

「而所謂的佩服，等於完全不認為是壞事。我這樣解讀，沒有錯吧？」

我想了一下，的確沒錯。

「在來日無多的歲月裡，不希望心愛的女兒討厭我這個爸爸。然而，現在有個家庭，如果不出手搭救將會走向毀滅，而那個家庭都是妳我非常熟悉的人們，其中還有個年輕人對妳傾心已久。」

「啊！」

我馬上知道爸爸要說什麼了。

「如妳所知，從白銀家面臨的種種窘境判斷，目前的狀況即便報警也無濟於事。換言之，使用正當的方法，根本無法拯救這些正直的人。妳應該有同感吧？」

「確實。」

事情應該如同爸爸所分析的。對於知識和情報的掌握出類拔萃的北斗也是這麼說的，絕錯不了。白銀家的危機無法使用正當的方法解決，只能忍氣吞聲吃悶虧了。

「太沒天理了。可悲的是，這世上充斥著如此荒謬之事。正直的人們只能暗自垂淚。然而，假如有一種手段能夠拯救他們呢？雖然不是正當的方法，但確實可以拯救白銀家。如果我去做了那件事，會不會受到妳的責備呢？」

「也就是說……」

「妳說。」

「爸爸要去偷東西嗎？」

「坦白說，就是如此。」

「您要從黑道的手中，偷回白銀家遭到詐騙的金額嗎？」

「明白地說，正是如此。」

我嘆了一口氣。

「您在想什麼呀！不是已經退出江湖了嗎？難道不是嗎？而且爸爸已經是有歲數的人了耶？我既不知道也不想知道您打算怎麼偷出那筆錢！」

「當然，年輕時還好說，到了這把年紀光憑自己一個人也許有些吃力。所以，身為當事人的『寇基』，還有打從心底擔憂『寇基』的『貝豆』，也得請來一起幫忙才行。」

「爸爸要把自己的身分告訴那兩個人？」

爸爸揚起嘴角微笑。

「他們看起來是值得信賴的人，妳覺得呢？」

我自然當場反對。

的確，那個方法或許能夠拯救白銀家，但怎能讓那兩個雖說不上前途一片光明、至少未來還有希望的年輕人，淪為雅賊的左右手呢！萬一失敗了該怎麼辦。

可是，爸爸聽完我的疑慮，又揚起嘴角笑了。

「原來如此。這樣很好。」

「什麼？」

「妳反對了，也表示無論如何都不該做那種事。這是正確的。妳應當照這樣繼續堅持這種正確的理念才好。」爸爸這樣告訴我。接著說道：「記住了，Last Gentleman-Thief "SAINT" 這一生連一次都不曾失手。我從來不打沒有勝算的仗，可以說在『SAINT』的字典裡不存在沒有勝算的戰役，每一次的竊取過程都完美無瑕。這光榮的歷史將持續到永遠，直到我死去為止。」

最後，爸爸大概帶著克己和北斗執行了計畫。悄悄地，沒讓我知道。

我想，用不著多說，結果當然是非常成功。

他們真的一個字也不肯向我透露，總之白銀皮革店到今天仍然持續營業，而當時我也看到報上刊出了一則報導指出某個黑道組織的事務所搬離了我們這座小鎮。至於爸爸、克己和北斗，三人皆毫髮未傷——年紀大的硬朗健壯，年紀輕的活蹦亂跳。

所以，我是這麼想的。

到頭來，我還是默許了。因為看到爸爸眼中散發出神采奕奕的光芒。我心裡明白，在失去了摯愛的母親之後，能讓爸爸重拾活力的，唯有身為紳士雅賊聖人的榮譽。

「所以呢？」

爸爸取來斜口刀交給克己之後，往沙發落座時問了一句。

「什麼事？」

「妳把『寇基』找來家裡，不就是想拜託他幫忙慎吾的事嗎？」

爸爸得意地笑了。果然什麼都逃不出他的法眼。我只好老實點了頭。

「克己，事情是這樣的……」

我把來龍去脈說了一遍，問他願不願意幫忙調查慎吾懷疑的事。克己拍了胸脯一口答應下來：

「包在我身上！只是稍微探探情況，對吧？太簡單了。不過……」

他突然話鋒一轉，歪著頭欲言又止。

「怎麼了？」

「沒什麼，只是覺得南龍拉麵店的老闆真有可能發生外遇嗎？」

爸爸也點了頭。

「我也認為事有蹊蹺。」

坐在沙發上的爸爸那雙翹腳的長腿左右交換，兩手的指尖對攏，接著說道：

「這位男士做事極為認真，但面對女士的時候會害羞。」

對哦，我也這麼覺得，那位老闆似乎屬於這種類型。

爸爸接著說：

「萬一他真有外遇，我擔心事情恐怕沒那麼輕易解決。」

6

準備了幾支寶特瓶裝茶飲，沖了一壺咖啡，以及到稍遠處的廉售店買了些餅乾零食。原則上出席例會的都是叔叔、伯伯與爺爺級的店主，所以準備的是傳統烤米餅、微甜的餅乾與小辣

的零嘴之類的點心。如果能在這條商店街上買到就好了，可惜這裡的店家並未販售這類糕餅。

「嘿，亞彌！」

「您來了！晚上好，勞駕您跑這一趟。」

商店街的老闆一位接一位來到了開會地點。

白銀皮革店、大學前書店、佐東藥局、南龍拉麵店、島津綢布莊、泊車亭、寶飯中菜館、魚政鮮魚鋪、La Française法式餐館、柏克萊餐廳、室谷印材行、玉光眼鏡行、都屋、名取皮鞋店、鈴木洋裁店、魚亭和風輕食小酒鋪等等，全都出席了。

我記得小時候每次開商店街例會時總是熱鬧非凡。儘管滿屋子充斥著熏人的菸味，但是大家鬧哄哄地你一言我一語，歡樂暢飲，有時乾脆開起宴會來，有時還舉行麻將比賽。對了，商店街還辦過團體旅遊去泡溫泉呢。

雖然當時年紀小，看到鄰居叔叔伯伯們興高采烈的模樣，不由得跟著開心。一看到我，人人都爭相嚷著「小亞彌快過來」，又是摸摸頭又是抱一抱又是給糖吃。

和過去那段快樂的回憶兩相對照之下，現在的開會景況更顯得落寞。老闆們能夠笑著聊談的時光僅限於進門後的那一小段時間，等到會議開始後進入報告事項，包括各店現況簡報、近郊商店街現狀以及大型購物中心動態追蹤報告等等，每個人的眉頭都愈鎖愈深了。

許多年來，他們的眉間始終印著深深的刻痕。

忽然間，教室通往大廈的那扇連通門被打開，爸爸走了進來。他無時無刻總是抬頭挺胸，臉上掛著和藹的笑容。此外，或許是我多心了，除非恰巧看到爸爸推門而入，否則根本無法察覺到他的到來。

「嘿，聖兄，許久不見哩！」

「泰次郎兄，您還是一樣硬朗。」

商店街的居民私底下稱他們為「花開小路兩巨頭」。

我不知道他們是什麼領域的巨頭，總之，只要這兩人一見面，周圍必定立刻瀰漫著一股緊張的氣氛。隱約曉得在我出生之前，兩人之間曾經發生過一些事情，可是不管我請教誰，對方總是回答「妳還是別知道比較好」。我也問過爸爸，他只面帶微笑，說是會把詳情寫在遺書裡。

「您玉體一向安康？」

「哎，到了這把歲數，自然比不得年輕時，不礙事的！」

兩人並未正面交惡，因此表面上仍然維持笑臉相待。

與會者各自找位置落座，例會正式開始。我其實不必參加，但是身為場地提供者，還是坐在教室角落備備課、看看書，打發時間。

爸爸平常偶爾才來和大家閒聊幾句，等到進入會議流程之後，便悄悄地消失了。

可是，今天不曉得什麼緣故，他留下來一起參加例會。

「有什麼原因嗎？」

坐在角落的我凝視著爸爸的背影，嘀咕了一句。

「那麼，會議正式開始吧！」

擔任會長的佐東藥局的佐東老闆宣布會議開始，眾人無不神情嚴肅地點頭表示同意。

「按照往例，請各位簡要報告各家店的近期動態。那麼，由我先來吧。」

佐東老闆攤開備忘紙條，開始報告。接著，與會者依序敘述各家店的營利狀況，然而沒有任何一家店是賺錢的。

自從我參加這個例會，正確來說應該是坐在會場角落聽他們開會之後，連一次都不曾聽過營收大好的報告。實情是，與會老闆的人數一次比一次少。

「唯一或許值得高興的消息是，原本預定在M鎮開設的大型購物中心企劃案，據說在評估階段就決定暫停了。」

佐東老闆報告。哦，原來有這樣的消息？

「也就是說，景氣差，所以不開店了。」

「這算不上是好消息哪。」

「不不不，對咱們來說是好事哩！」

「哪兒的話，只不過讓我們苟延殘喘罷了，倒不如早點送佛上西天，圖個痛快！」

「話哪能這麼說呢，你呀，就是老往壞處想，生意才總不見起色！」

「有新血加入才會帶來集客效應。那間購物中心不開了，反而會使我們這裡的情況更加惡化吧？」

一片喧嚣——不知道後面那兩個字寫對了沒。大家只顧著抱怨，根本無法好好開會，真希望他們能朝著更有建設性的方向討論。雖有人提出具體的建議與策略，但可行性並不高。

我不是店東，不便插嘴，只能在一旁乾著急。就這樣討論了一個鐘頭左右，最後由會長宣布「那麼，請大家回去思考有沒有什麼好方法，下次開會再行討論吧。」會議到此結束。

近來的例會一直是這種模式。

大家幫忙把桌子和椅子恢復原狀，整理會場，紛紛朝我揮手道別「亞彌，下次見囉」，接著魚貫離開了教室。有人直接回家，也有人去喝一杯。

其實，克己和北斗已經在教室外面悄悄地待命了。當然，他們是為了跟蹤南龍拉麵店的秋山老闆。

假如秋山老闆要去那家小酒館喝酒，他們兩人也會隨後前往。我心裡很想跟著去，卻只能按兵不動，靜候兩人的回報。

爸爸難得也待到了會議結束。

「爸爸。」

「唔？」

爸爸對大家已經幫忙歸位的桌椅排列不太滿意，此時正親自動手逐一微幅調整。

「您留下來開會，是想觀察南龍拉麵店老闆的情況？」

爸爸聽完我的詢問，輕輕點了頭。

「這是其中一個原因。」

「其中一個？」

難道——

「還有別的理由嗎？」

「有。」

爸爸頷首，說是回家再談。

我們沏了葛蘭先生送的諾瓦爾．薩克紅茶，在客廳的沙發相對而坐。

爸爸和往常一樣穿上吸菸裝，把菸絲填入斗缽裡，緩緩地吸了幾口，枯葉的氣味隨即瀰漫在屋裡。

不曉得英國人是不是都喜歡這樣。必須先依照順序完成例行事務，接下來才能開始談話。爸爸的這種方式我已經習以為常，可是遇上不明就裡的人通常耐不住性子，急著開口探問。如此一來，總會惹爸爸不高興，皺起眉頭，這套流程就得從頭再來一遍。麻煩死了。

「發現蹊蹺了嗎？」

「唔。」爸爸叭嗒叭嗒地接連吸了幾口菸斗。「亞彌，今晚前來參與例會的商店街店主，每一位妳都認識嗎？我的意思是，相當熟識。」

「相當熟識？」

我想了一下。

「呃……大部分都認識，也有幾位的姓名和店名及長相兜不起來。」

「舉例而言？」

「譬如，呃，那家開在一丁目的拉麵店的老闆，還有另一家店名忘了叫什麼的美甲沙龍的老闆，像這些剛開不久的店，我沒什麼把握。老實說，除了那些老店，新來的老闆都不太熟。」

爸爸若有深意地點了頭。有什麼不對勁的地方嗎？

「為什麼要問這個？」

「新開幕的店家，有些店主隨即來參加例會，也有些店主至今不曾露面。」

「是呀。」

爸爸的身子朝前探了些。

「這個情況令我起疑。近期開幕的新店店主必定參加例會，無一例外。」

「這不是好事嗎？」

「的確是好事。不過……」爸爸往後倚回了沙發的靠背。「近半年來，這條街上關了六家店，幾乎是每個月一家。」

「對呀。」

頻率太過密集，大家憂心忡忡。

「但在同一個時期內，卻也開了四家店。」

的確如此。雖說是逐漸沒落的商店街，便宜的租金依然頗具魅力，吸引了有意藉此一搏的人們前來開店。這個商圈仍可維持一定程度的新陳代謝。

「那四家新店鋪的其中兩家，就是妳剛才提到的那兩家。」

「咦，對耶。」

「亞彌。」

「我在聽。」

爸爸皺起眉頭。

「坦白說，我只有一點模糊的印象，並沒有明確的把握。」

「怎麼了？」

「那兩位店主，我似乎有過一面之緣。」

「是哦？」

新來乍到的人，按理說不曾見過面。

「在哪裡見到的？」

「我覺得他們似乎是以前詐騙了『寇基』，也就是捲走白銀家大筆款項的黑道組織成員。」

「什麼！」

我不禁大叫一聲，伸手摀住了自己的嘴巴。

「當然，並不是『寇基』認識的那群傢伙。細節就不說了，我在執行計畫之前必定會經過一番綿密而詳細的事前準備，妳應該可以想像得到吧。」

「那是當然。」

應該任何人都可以想像得到。

「在籌備的過程中，我記住了好幾個進出黑道組織事務所的人，而新開店鋪的老闆似乎就是那些人。那四名新老闆，我至少看過其中兩人。」

這……不會吧？這是怎麼回事？

7

所謂五月晴空，想必就是用來形容像今天這樣的好天氣，豔陽高照，晴朗無比。

這種日子當然得洗衣服才行——恐怕只有女人才會這麼想，男人大概不會有這個想法。心

情雀躍的我忽然想到，最近流行「草食系男子」這個名詞，應該也有喜歡洗衣服的男生吧。

「爸爸——！出門散步前記得把所有要洗的東西統統拿出來喔！」

我朝臥房大喊，決定今天是洗衣日。包括床單和被單，全都要洗得乾乾淨淨。

爸爸要求身上穿戴的所有衣物都得上漿，若不是直挺挺的就不高興，所以衣服洗滌晾曬後的熨燙工作並不輕鬆。真佩服媽媽以前從不喊累。我有時偷懶，難免惹爸爸生氣。

「我要上屋頂晾床單喔！」

剛才克己打電話給我了，要報告昨晚跟蹤南龍拉麵店老闆的過程。我恰好也有事想說，並且是不方便在公共場所談的話題。

我家大廈的屋頂可當曬衣場使用，原則上屬於房東，也就是我家專用。通常只在晾曬床單之類的大型物件才會拿上樓頂。這裡不會有外人來，商談祕密再適合不過了。

真的是萬里無雲的藍天。

晾曬的床單，隨著五月微風搖曳。不過，我可不想曬黑，所以抹了防曬乳之後才上樓，等候克己和北斗的到來。

這棟大廈的樓頂有一處略顯突兀的建築——正統英式庭園風格的涼亭。我坐在這座涼亭的椅子上。

這座涼亭是爸爸使用從英國陸續採購運送來的石材和木材，一人獨力建造而成的。爸爸精巧的手藝實在令人欽佩。據他本人說，如有必要，他甚至可以縫製一套足以穿去謁見女王陛下的晨禮服。我想，他說的應該是真話。

畢竟，要想成為傳說中的雅賊，非得精通各種各樣的技藝才行。從體力、智力到技術，樣樣都得技冠群雄，否則這項工作可做不來。不對，我可不願意將它稱為工作，再怎麼說還是偷東西嘛。

在英國讀書的那段時期，我曾調查過爸爸的事蹟，只能說是嘆為觀止。

舉個例子來說吧，一九五八年的英國，那個時候連披頭四樂團都還沒出道呢。這樣一想，真的是好久以前的事了。

當時名聞遐邇的大英博物館裡有一座高達三公尺的石雕人像藏品，名為〈苦惱的戰士〉，一般俗稱為〈彼得那的劍鬥士〉。

創作者是「伊普索茲之子阿利圖斯的英葛西亞」，根據古希臘馬其頓戰士的作戰場面所完成的作品。構圖是有個戰士仰天倒於地面，而站在一旁的戰士則將利劍高高舉起。

這件作品乃是模仿西元前四世紀的雕刻家肯多西司所研發的技術，「**強調人類肌肉極致之**

美的作品風格，有相當程度受到希臘文化之薰陶，引領觀賞者進入那如夢似幻的世界」。

我對藝術方面並不是很懂，查到的資料全都謄寫在上頭了。總之，曾經有一座無論在歷史上、在美術界都非常珍貴的雕像，卻在公開展示期間的某個大白天，從展覽廳中被偷走了。當然，現場同樣留下一只繡著「saint」字樣的手套。

當時參觀遊客數確實不多，並且那個時代的警報裝置和現在的設備相比之下形同玩具，然而一座高達三公尺的石雕人像究竟是如何憑空消失的？據聞相關人士絞盡腦汁依然毫無線索。

不過，在推測是雕像消失時刻的不久前，這座大博物館接連發生了幾起小意外，包括參觀遊客由於貧血而昏倒了，還有清掃用的水桶突然從迴廊滾落到一樓等等。這些被寫進調查紀錄的事項，都被認定為「saint」作案相關的詭計，但也僅此為止。

我問過爸爸，他咧嘴一笑，什麼都不肯透露，只說了一段話，「人們很容易受騙，而魔術師便是利用這項盲點」。

也就是說，爸爸所運用的巧妙技術，即便是魔術師亦望塵莫及。話說回來——

「怎麼想都不覺得是真的……」

我坐在涼亭裡，望著隨風飄擺的床單，喃喃自語。

儘管頭腦知道爸爸是雅賊，可是心裡還是無法接受那些發生在很久很久以前、況且是在遙遠英國的奇特事件。那感覺就像是有人告訴你，其實你的祖先是石川五右衛門③喔，絲毫沒有現實感。

我也問過爸爸，那些盜走的東西在哪裡？爸爸只說，「凱撒的歸凱撒，上帝的歸上帝」，也就是祕而不宣。不過，至少我可以理解，他絕不是為了中飽私囊而做這種事的。

手機響了。啊，是克己打來的。

「喂？」

（我是克己！）

「進來吧，樓頂的門沒鎖。」

（好咧！）

這孩子講話不能斯文一些嗎？五官相貌其實還不錯，只要言行舉止能稍加改進，說不定會讓我心裡小鹿亂撞呢。

很快地樓頂的門被打開了，各自穿著工作服的克己和北斗走了進來。克己套著一件工作圍裙，而北斗則照例是一身運動服。

「打擾你們工作了，不好意思喔。」

「閒得發慌，不礙事！」

「要真閒得發慌，可就糟糕囉！」

只是隨口胡謅的克己笑了，北斗卻笑不出來。白銀皮革店的生意還算勉勉強強可以餬口，然而松宮電子堂的狀況卻十分嚴峻。在銷售家電產品方面，小電器行實在不是大型連鎖店的對手，現在從幫鄰居換燈泡到修理紗窗之類根本不屬於電器行的工作也得接下來，否則堪稱三餐無以為繼。

我前陣子向松宮電子堂買了一台電鍋，但畢竟一般家庭哪裡有錢經常添購新家電呢？

「關於那件事呢……」

他們也在涼亭的椅子坐了下來。

「昨天開完會後，南龍的老闆果然一個人去喝酒了。」

「去那家小酒館嗎？」

「美人魚。」

對對對，是這個店名沒錯。

「我們覺得時間稍微錯開一點比較好，隔了三十分鐘左右才進去。進門一看，南龍的老闆

③活躍於十六世紀的日本義賊。

和一個年輕女孩坐在桌位上喝著酒。」

「對方是女公關吧？」

「名叫『明美』。」

「這名字真俗氣。」

「應該是花名吧。」

克己接著說：

「一看到我們進門，那個明美小姐馬上回到吧檯後面，南龍的老闆也跟著移到了吧檯。」

也難怪他們要換位置。南龍拉麵店的老闆既然見到了這兩張熟面孔，總不可能繼續和女公關單獨坐在一起對飲吧。以這個反應看來，這位老闆做事還是很有分寸。

「後來我們一起喝了幾杯、笑鬧一陣，也就離開了。不過照情況看來……」

「那兩人肯定有一腿，錯不了！」

北斗難得說得斬釘截鐵。

「真的哦？」

「那種曖昧的氣氛太明顯了。」

克己也點頭附和。

「我昨晚已經跟蹤明美小姐回到住處，知道她住在哪一棟的幾號房了。」

不愧是克己，做事迅速又周到。真不希望他是從爸爸那裡學到這些的。

「亞彌姊，接下來該怎麼辦呢？」

北斗顯得有些擔心。

「如果在明美小姐家裡裝竊聽器，應該就能抓到他們有不正常關係的證據了。」

我當然不願意讓他們兩人去做犯法的事。這只是一種假設而已。

「就算找到確切證據了，問題是接下來該如何處理。」

三個人互看一眼，同時點了頭。就算掌握了外遇的鐵證，雖說當事人是鄰居、並且是家教班學生的家長，畢竟不是自家人。我再怎麼關心慎吾，終究是外人。

「由我出面請他為了慎吾著想盡快回歸家庭，也很奇怪吧？」

「不止奇怪，恐怕會把問題搞得更複雜吧！」

「有道理。」

這種事情，我說什麼都不願意對慎吾這個小孩拐彎抹角問出蛛絲馬跡，也絕不可能把真相告訴南龍拉麵店的老闆娘雅子太太。萬一她已經知情，該如何應對也挺困擾的。

「真棘手……。可是我實在擔心慎吾。」

北斗忽然問說：

「對了，慎吾有沒有解釋他是怎麼知道聖伯的？」

「差點忘了講！」

後來我趁慎吾上家教班時，旁敲側擊地詢問他是如何從網路上查到 Last Gentleman-Thief 的事。

「他說，暑假作業的自訂主題研究，打算做〈盜賊之探索研究〉。」

「嗄？」

「〈盜賊之探索研究〉？」

研究動機是來自電視上的動畫節目。有一部長壽動畫裡面的人物背景設定，包括了著名推理小說系列主角的世紀大怪盜的孫子，以及日本義賊的第十三代傳人等等。

「他很喜歡那個動畫節目，所以就在網路上隨便打了『怪盜』、『雅賊』、『Thief』等等關鍵字搜尋資料，進行調查了。」

「為什麼這麼早就開始做暑假作業的自訂主題研究了？」

北斗露出不解的表情。

「他爸爸親口答應他了，只要提早寫完作業，就會帶他去迪士尼樂園玩。」

慎吾的爸爸，也就是南龍拉麵店的秋山老闆。克己歪著腦袋說：

「迪士尼樂園？他們那麼有錢哦？」

我也有同感。秋山家的爺爺奶奶依然相當硬朗，天天都在店裡幫忙。慎吾底下還有一對上幼兒園的雙胞胎妹妹。換句話說，這是一個三代同堂的七人大家庭。

「光是全家大小一起去迪士尼樂園就得花上一大筆錢，何況當天又得公休一天。」

記得秋山老闆在商店街的例會上總是抱怨：這年頭不景氣，天天都得開門做生意，幾乎沒有公休日，就算一天下來賺不了幾個錢，可是不營業就沒有現金收入了。

我能理解天下父母心，就算店裡生意差一些、自己得勒緊褲帶，也希望給孩子一個快樂的童年。也許秋山老闆是抱著這樣的心態吧。

「不止這樣……」北斗臉色一沉。「既然外面有了女人，也許還得掏錢供養對方。光是像現在這樣三天兩頭上小酒館，就得花不少錢了。」

嗯，沒錯。現在景氣那麼差，商店街上的拉麵店也不可能生意興隆。事實上，除了午餐時段，店裡幾乎沒什麼客人。

「好像不太對勁喔。」

我們三人你看我、我看你，一起點頭同意這個結論。

說不上來究竟是哪裡不對勁。其實都是生活中再平凡不過的狀況。或許因為我們從小在這座小鎮長大，所以對一些細微的變化特別敏感。

「也得繼續觀察慎吾的情況。就算是等不及暑假去迪士尼樂園玩所以提早寫作業，可是這麼早就開始做自訂主題研究，未免太不自然了。」

我點了頭。這孩子一向不是那種懶得寫功課的學生，但是還有好久才放暑假。更何況他選的主題是盜賊。

除了低頭沉思，三個人都不知道該如何討論下去了。

「有件事想跟你們提一下。」

我想轉述昨天爸爸說過的話，畢竟這件事直接關係到他們兩人。

「我爸爸昨天晚上講了一件事。」

「什麼事？」

我把事情從頭講了一遍。

爸爸說，近期在這條花開小路商店街新開幕店家的四家店之中，至少其中兩個負責人很可能是以前克己那起事件的相關黑道組織成員。

可以感覺到，兩人臉色大變。至少比剛才多了幾分嚴肅。

「真的假的？」

「當然是真的！」

克己瞪大了眼睛，北斗則皺起眉頭，歪著頭回想。

「一點也想不起來。」

北斗的表情非常懊惱。這也難怪，他一向自豪對這一帶的人事物比派出所員警更加瞭若指掌。

「你想不起來的是那些新開店家的長相嗎？」

「才不是，而是那件事發生時，常在這附近走動的傢伙們長什麼樣！」

原來是想不起那些人的長相。說得也是。

「阿克呢？有印象嗎？」

「除了當時打過照面的傢伙以外，一個都不認得。聖伯實在厲害啊！」

克己欽佩地連連點頭。

「我希望是爸爸認錯人了，不過你們也瞭解他向來過目不忘。」

兩人同時用力點了頭。雖說已是年過七旬，但爸爸的記憶力絲毫不見衰退。

「既然聖伯這麼說，絕對錯不了！」

「沒錯沒錯！」

北斗也附議。除了現下的狀況，再加上前陣子北斗告訴我的那幾件事，彷彿一股山雨欲來的緊張氣氛逐漸在商店街蔓延開來。

正打算讓他們把當時遭到黑道詐騙的來龍去脈說給我聽，克己已經搶先伸出右掌霍然推到我的眼前，攔住我還來不及出口的話。

「我們早就決定了，絕不會告訴亞彌姊的！」

克己的面色凝重。好吧。那個時候爸爸就說過，絕對不許我插手這件事。我嘆了一口氣，點頭表示明白了。

「總之，我們會先調查情況。」

克己從椅子上起身，北斗也跟著點了頭。

「不過，千萬小心！」

萬一這件事真有黑道組織涉入其中……。

「別擔心，我們不會輕舉妄動啦。」

「一定會特別謹慎行事。」

既然有北斗的保證，應該不會有事吧。

8

總而言之，事情輪不到我出面。我告訴他們保持聯絡，下樓進了家門。爸爸散步回來了，滿屋子的紅茶香。

「您回來了！」

「唔。上樓頂了？」

我點了頭，把剛才與克己和北斗見面討論的過程說給爸爸聽。我們遇到了瓶頸，爸爸畢竟是人生的老前輩，可以提供一些經驗談。

「原來如此。」

爸爸也同意，既然克己和北斗明確感受到南龍拉麵店的老闆有了外遇，那就不會有錯。

只見爸爸端著紅茶杯，緩緩地坐在沙發上，蹺起長腿。我想陪他一起品茗，於是拿來茶杯，從茶壺裡斟了紅茶。這氣味真香。

「您覺得是真的？」

「當然是真的。」爸爸擱下茶杯，拿起菸斗，連吸幾口點燃了菸絲。一股似乎比手捲菸更深濃的紫色菸氣在屋子裡繚繞。「以前沒對妳特別提過，那兩名青年確實非常優秀。」

「是哦？」

「當然，否則不會讓他們和我一起行動。」爸爸露出微笑。「一流的雅賊必須具備的除了知識、體力和技術之外，更重要的是第六感。」

「也就是直覺吧。」

「直覺二字說來輕鬆，實際上非常深奧。每一個凡人都有第六感，然而關鍵在於『產生直覺』，亦即充分發揮第六感的作用，而這必須仰賴與生俱來的知覺。或許可以用現今流行的所謂『讀空氣』來形容，更容易理解。」

「他們兩個哪裡懂得讀空氣呀！」

爸爸呼出一口菸氣，再度露出微笑。

「我說的不是時下的用法，並非指察言觀色，而完完全全是字面上的含意——『讀空氣』。」

「什麼意思？」

爸爸這回咧嘴而笑。

「人類會散發出自身的情感。」

我不明白爸爸的意思，但還是點點頭。嗯，散發情感……。

「正如字面所述，從體裡散發到空氣中。舉例而言，就像是『氣味』：悲傷的氣味、歡喜的氣味、痛苦的氣味。人們會將內心的情感散發到空氣之中。就是這麼回事。」

爸爸點了頭。

「這麼說，」我喝了一口紅茶，「他們兩個能夠感受到別人身上散發出來的情感嗎？」

「正是。這種能力並不罕見。以妳來說，不必打開房門，也能夠察覺到裡面有人正在熟睡吧？比方去外地住宿、或者參加戶外教學旅行的時候，應該有過這樣的經驗吧？」

「對哦！」

這樣舉例，我就懂了。

「嗯，有！」

即使房裡的人們並未大聲喧鬧，我還是能夠區分裡面的那些人是在睡覺，或者安安靜靜地看書。

「睡得香甜的人鬆懈了一切防備，因此會散發出濃濃的『安心休息的氣味』。擁有名盜頭銜的小偷之所以能夠潛入沉睡中的屋宅帶走財寶而不會吵醒任何人，正是因為具有嗅讀出『從人體散發的氣味』的本領。」

這樣喔……好像懂，又好像不懂。就當懂了吧。

「總之，爸爸認可他們兩個天生擁有精準的第六感囉？」

「正是如此。」

所以，爸爸才會認為，既然這兩人已經感受到南龍拉麵店的老闆發生外遇，也就等於得到了證實。

「您覺得怎麼辦才好呢？」

如此一來，已經尾隨女公關明美而得知其住處的慎吾，更是令人擔心。

「關於此事，」爸爸手握菸斗，略微思索。「該如何處理……」

「怎麼辦呀？」

我左思右想，依然想不出個好方法。接下來只能仰仗爸爸的人生經驗了。爸爸閉上眼睛，抽著菸斗，陷入沉思。

從敞開的陽台窗戶送入舒爽的微風。麻雀的嘰嘰喳喳也隨風傳了進來。對了，前陣子和爸爸聊到，想在陽台擺個餵鳥器供小鳥吃飼料。

「亞彌。」

爸爸睜開眼睛，喚了我。

「怎麼樣？想到好主意了嗎？」

「很遺憾地，」爸爸側首說道，「尚未想到足以順利解決事端的方法。畢竟事關男女之事，外人不好插手。這個道理舉世皆然，在英國如此，在日本亦是如此。」

說得是，爸爸說得是。

「不過……」

「不過？」

「我感覺到一股不太尋常的氣氛，恐怕得把它逼出原形。」

「逼出原形？」

爸爸又慢慢呼出一口菸氣。

「還得進一步查證才知道是怎麼回事，總之，目前感受到某種蠢蠢欲動的氣息。」

說得也是。

「況且，妳也從『貝豆』那裡聽到一些鄰居的傳聞了吧？」

每次提到北斗時，爸爸的發音聽起來更接近「貝豆」，就如同他總把克己叫成了「寇基」。

「難、難道……從外遇到愛上男公關的傳聞，爸爸都聽說了？」

「那是當然。凡是『貝豆』告訴妳的消息，沒有一樁我不知道的。」

「這樣我可不太高興哦。」

見我嘟起嘴巴，爸爸笑著說道：

「儘管放心，妳的隱私北斗絕對守口如瓶，我也絕不探問。我已經成為深愛日本的日本人，是一位具有騎士精神的紳士，最重視的精神就是『高風亮節』。」

「好吧。」

只是我懷疑，一位高風亮節的騎士，會去當雅賊嗎？

「總而言之，花開小路商店街這數十年來唯一面臨的困難最多是生意不好，雖然日子清苦了些，但是人人安居樂業，可是近來似乎有某種看不見的可怕黑影即將籠罩整條商店街。我出門散步時，在不少角落都有這樣的感受了。」

「真的呀？」

「這幾個月以來，我一直思考該如何應對才好，既然事已至此，還是採取行動方為上策。」

我不禁凝視著瞇起眼睛的爸爸。他的眼神似乎變得不同以往，渾身散發出一股躍躍欲試的味道。咦，說不定我也學會了如何使用靈敏的第六感囉！

「爸爸，您心裡有什麼盤算？到底要把什麼東西逼出原形呢？」

爸爸露齒而笑。

「偷字訣。」

「偷字訣？」

爸爸一派氣定神閒地倚在沙發上。

「那種蠢蠢欲動的氣息，總是在底層深處悄然無聲地緩緩流動，除非遇到天時地利的機緣，才會現出原形，抑或是撥雲見日。然而，世間常態卻是……」說到這裡，爸爸將手中的菸斗指向我。「單是照進亮光，是無法逼那股暗黑力量現出原形的。愈是射進強大的亮光，那股暗黑力量反而愈是藏匿到更深的地方。」

「您的意思是：使用正當的方法，根本無法拯救正直的人嗎？」

每當爸爸面臨重大時刻，總會說出這段話。

「正是如此。」

人世間充斥著不公平、不公義。原以為只要正直的人做正確的事，就能維持這個世界的安詳和平，可惜多半事與願違，真實的情況往往是邪惡之人橫行霸道。

「爸爸常說，對付為非作歹的壞人，就該以其人之道還治其人之身。」

「一點不錯。」

那正是 Last Gentleman-Thief 的一貫作風，也是他所秉持的盜亦有道。倘若無法使用正當的方式拯救，那就改用壞人的手段與之抗衡。

「我要在這條街上偷點東西。」

「您說什──」

爸爸伸出食指朝左右搖了搖。

「我絕不會傷害任何人，更不會讓任何人身陷危機。對了，頂多就像那兩個中學生搬走木熊的惡作劇那樣的程度罷了。只是，我的偷法應該比他們來得乾淨俐落。」

「偷了東西以後要做什麼？」

「讓事情回歸正軌。」

正軌？

「我並不是要無端惹是生非，而是為了讓目前橫亙在我們眼前的種種問題赤裸裸地浮出檯面，這才偷走或移動必要之物，好讓人們從夢中驚醒，張大眼睛看清楚原本隱身在黑暗之中的正軌大道。」

「偷走？要偷什麼？」

「關於這一點……」爸爸握著菸斗劃了一圈。「接下來才要思索。首先經過綿密的調查，考慮所有的細節，偶爾也會採取堂而皇之的大膽行動。」

「我反對！」

偷東西就是犯法。

「就算我阻止，您也不會聽我的，對吧？」

「不。」爸爸搖了頭。「如果妳不同意，我就罷手。」

「真的嗎？」

「那是當然！」爸爸說著，聳聳肩。「現在表面上仍是風平浪靜，而我卻偏要掀起狂風巨浪。倘若妳不希望破壞花開小路這裡的寧靜生活，我就不會採取任何行動。我向妳保證。」

問題是——

「假如就這麼靜觀其變，說不定……」

「極有可能。」

也許會發生什麼不好的事，並且機率相當大。我的想法和爸爸一樣。

「或許會發生，也可能不會發生。就現階段而言，我唯一的考量是不希望讓慎吾的心靈受到傷害，所以即使採取行動亦將以此為最高準則。」

「請千萬別讓他難過。」

是的，這是最重要的一點。

「慎吾是個很好的孩子。我不希望看到包括他在內的任何一個孩子傷心難過。」

如果有朝一日演變到離婚的地步，那也沒辦法了。別人的家務事，沒有我干涉的餘地。

「可是，他已經發現了。」

「問題就在這裡。既然如此，」爸爸慢慢從沙發上起身，「這樣吧，為了慎吾，我只針對南龍拉麵店老闆的外遇狀況採取某種行動，這樣妳應該可以接受。不過……」

「不過？」

「任何行動，必定會引發後續的效應。當我行動之後將會導致對方做出某些動作，屆時我將不得不採取應變的反制行動。這個世界就是如此運作的。」

爸爸的言下之意是——

「接下來的事與我毫無相關，對不對？」

爸爸緩緩點了頭。

「正是如此。妳什麼都不知道，只要靜靜地觀察浮上檯面的真相就好。」

這種參與方式聽起來非常消極，而且像是只有我一個人被排除在外，感覺不太舒服；不過，我明白爸爸的用意，所以點頭答應了。

「第一步要怎麼做？爸爸要做什麼呢？」

「這應該無須多問，方才已經講得很明白了，就是偷東西囉！」爸爸露出得意的微笑。「要從南龍拉麵店偷走珍貴的東西。」

珍貴的東西，會是什麼呢？

9

「出門一趟，短則一週，長則十日。

「倘有人問起，即稱英國友人離世，前往參加葬禮。

「每日聯繫一次。

「如遇要事或急事，請依往例致電 Ricci-Kensington Hotel 留言。

無須擔心。」

早上起床走到客廳，桌上已經出現這張紙條了。筆跡逸秀，很難想像竟是出自一個英國人之手。我急忙探看爸爸的臥房，裡面自是空無一人。房裡有旅行帶回來的奇特擺飾、老書、橄欖球等等各式各樣的物件，乍看之下雜亂無序，其實井井有條，各置其位。

明知沒人，我還是到隔壁的工作室看了一眼，當然同樣是空蕩蕩的。占據整片牆面的櫃子裡分門別類地妥善存放著細小的零件及材料，工具也擺在固定的位置上，與平常完全一樣。

我又回到爸爸的臥房。為了確認，只好擅自打開衣櫃檢查，果然那只旅行專用的鹿皮波士頓包不在裡面了。

「奇怪……」

我對聲音算是敏感，夜裡若是傳來一絲異樣的聲音必定會醒過來，卻渾然不覺爸爸是什麼時候出門的。只要爸爸是刻意悄悄離開家，我連一次都不曾察覺過。真不愧是世紀大盜。

爸爸通常一兩年回去英國一趟，理由多半不讓我知道，只說「要去辦事」。每每令我心驚膽戰，深怕爸爸一回去就被警方抓走。可是爸爸總是說，那邊沒人曉得他是Last Gentleman-Thief，而且護照也沒有任何問題，絕不會遭到逮捕的。

「這一次回去是不是為了做準備呢？」

爸爸說了，他要偷東西。

要從南龍拉麵店偷走珍貴的東西。為了把隱匿在這條花開小路裡的邪惡力量逼出原形。是為此預作準備而遠赴英國嗎？可是，就算去到英國，也沒辦法把偷竊用的工具帶回來，總不可能就這樣拿著過海關吧。話說回來，我也不知道偷竊工具到底長什麼樣。

「會不會去見葛蘭先生了？」

爸爸只說葛蘭先生是老朋友，我猜應該是以前的老搭檔。我腦海裡不禁浮現了他們兩人在英國古老宅邸的一個房間裡祕密商談的場景。大概是影集或漫畫看多了。

等一等，爸爸特地寫在紙條上要我告訴大家他到英國幾天，說不定他其實去了別的地方；或者根本就藏身在這附近計畫偷東西的執行步驟。

Ricci-Kensington Hotel是真實位於英國倫敦郊區的一家小旅館，爸爸經常住在那裡。不過，即使聯絡方式留的是旅館的電話號碼，也未必表示爸爸就住在那裡，有一次就是這樣。也就是說，那家旅館特別給爸爸方便。我這位爸爸還真是祕密多多。身為雅賊，難免有很多不能說的祕密吧。

「算了。」

我在這裡乾著急也無濟於事。爸爸雖然上了年紀，不過每年健康檢查的結果都無可挑剔，再加上天天散步超過兩個鐘頭，堪稱健步如飛。

真的沒有我幫得上忙的地方。唯一能做的只有在家教班認真教學，觀察來上課的慎吾和其他小朋友有沒有異狀，陪著說說話聊心事，如果有事不敢告訴學校老師和爸媽的，就當他們的聽眾，提供建議。

我能做的，只有像這樣，讓小朋友和自己都開開心心地度過每一天。

「安心等爸爸回來吧。」

和往常一樣，利用晨間時段打掃洗衣以及備課。今天不必準備爸爸的午餐，隨便打發就好。

「對了！」

恰好可以為花開小路商店街貢獻一些營業額！趕早不如趕巧，中午就到南龍拉麵店吃吧。

平日午後的花開小路。

冷清，用這個字眼來形容再恰當不過了。我在遮雨棚底下慢慢走著。餐飲店裡坐滿了附近的公司職員和工廠員工，但也僅限於午間時段而已。

對我來說，人潮散去的拱廊走起來挺舒適的。偶爾去東京時總是被擠得喘不過氣。

我刻意避開熱門時段，等到下午一點半過後才去。掀開老舊的店簾，原先的豔紅已有部分褪白或沾黑了。再推開沿著軌道嘎啦作響的木門，迎面傳來的是秋山爺爺宏亮的一聲「歡迎光臨！」

「午安——」

「哎呀，可不是亞彌嗎？歡迎歡迎！」

秋山爺爺的身體依然硬朗。

「真是稀客哪，難得見妳中午來……」

秋山奶奶也從裡面探出頭來。慎吾的雙胞胎妹妹大概在外頭玩吧。

店裡還有三名客人。秋山老闆和雅子太太在廚房備餐，兩人都笑著說「稀客稀客」。

這對夫妻看起來仍和過去一樣鶼鰈情深。

「聖伯呢？不在嗎？」

「是呀，去參加英國朋友的葬禮了。」

我按照爸爸的指示說了謊話。這種無傷大雅的小謊話在日常生活中應該還屬於容許範圍吧。

「所以囉，想說難得偷個懶，不做午飯。」

瞧我笑得竊喜，秋山老闆和雅子太太跟著點頭同意。

「好極了，也讓我們貪個財。」

「想吃點什麼？」

「呃，我想一下……」

這家店並不難吃，倒也算不上是驚人的美味，就是一碗懷舊風味的拉麵。

「請給我醬油拉麵，還有半份炒飯。」

「好！」

我的食量大得出奇。本來炒飯想點一人份，可是淑女總得矜持一些。

爸爸說過，「人類會散發出自身的情感」。我從小就看著秋山老闆和雅子太太像這樣並肩站在廚房裡工作，今天再看一次，依然不認為他們之間的情感起了變化。

我想，不單是我，這兩人在任何人的眼中都是一對和睦的夫妻。就算是還沒結婚的人也一定有相同的感覺。

我也不是不能理解男人難免有種「家花哪有野花香」的心態。我都二十五歲了，已經到了不好意思理直氣壯說自己還很年輕的年齡，諸如此類的情況也遇過一兩次了。

所以，當我得知南龍拉麵店這位貌似老實認真的老闆，和那位明美小姐發生外遇的時候，只是心想原來有這麼回事哦。

「來，久等囉——」

「啊，不好意思。」

送餐的不是秋山爺爺，而是雅子太太親自端上桌。秋山爺爺和奶奶只在尖峰時段來店裡幫忙，用餐時間一過就回到後方的住家空間了。幾位客人用完餐，由雅子太太在收銀台幫忙結帳，道了謝後陸續走出店外。

店裡的客人只剩下我一個了。

「剛好沒客人了，老婆，妳陪亞彌一起吃飯吧！」

「也好。可以嗎？」

摘下白頭巾的雅子太太笑著問我。

「當然好！我們一起吃吧。」

我放慢了進食的速度，聽見回到廚房裡的雅子太太很快地用微波爐加熱餐食的聲響，接著她端來一碗熱騰騰的味噌湯，另一碗是原本的滑蛋已經變成了蛋塊的雞肉蓋飯，可能是做好後擱了一段時間沒空吃，又或者是上錯菜回收之後當成員工餐。

「真的耶！」

「想一想，」雅子太太又嘻嘻笑了起來，「這還是頭一遭和亞彌一起吃飯呢。」

「我這碗份量多，要不要吃一點？」

「嗯，好，那麼請給我一點點。」

算了，沒必要在熟識的鄰居面前假裝小家碧玉。雅子太太拿小碟子分了一些雞肉蓋飯給我。兩人面對面，一起吃午餐。

看著眼前的雅子太太，並沒有任何異樣。秋山老闆坐在廚房最裡面的圓凳子上，抽著菸讀報。

「聖伯的朋友過世了?」

「嗯,聽說是這樣。」

「畢竟是有歲數的人了。那是聖伯還住在英國的時候認識的吧,以後又少了一位可以敘舊的朋友了。」

「就是說呀。」

我跟著點頭搭腔。

「聖伯當初住進這裡不久,從英國來了好幾位朋友唷!」

「真的嗎?」

這事我可是頭一回聽到。現在的秋山老闆是南龍拉麵店的第二代店主,雅子太太的娘家也在這附近,印象中他們是同學。

不曉得這對夫妻幾歲了,大約四十五左右吧。這麼說,爸爸歸化日本籍時,他們還在讀小學,大概比慎吾現在的年紀還要小。

「在這種鄉下地方的商店街,突然看到一群外國人浩浩蕩蕩地走在路上,真把我嚇了好大一跳哪!那是我出生以後第一次見到英國人喔!」

雅子太太笑著說。

的確，我已經聽過好幾位講過同樣的話了，都說我爸爸是他們第一位認識的外國人。

「那時年紀小，覺得聖伯根本是電影明星！我和其他小朋友常常跟在聖伯後面走喔！」

「可以想像。」

這件事我聽媽媽說過。爸爸剛到這裡時，商店街的居民幾乎沒見過外國人，爸爸出門散步時，身後總會跟著一大群小孩子。

「聖伯每天都給慎吾他們吃甜甜圈吧？」

「是的。」

「實在不好意思！」雅子太太鄭重其事道了謝。接著說：「我們還跟在聖伯後面走的那個年紀，聖伯也常給我們吃甜甜圈喔！是志津太太親手做的小甜甜圈，裝在用英文報紙摺的袋子裡。」

對，媽媽做的甜甜圈很道地。小時候，媽媽也常做甜甜圈給我吃。不過，爸爸現在給小朋友們吃的不是家裡做的，而是到 Mister Donut 買的。

我時常有機會像這樣聽到陳年往事。老居民會告訴我這座城鎮的起源、這座城鎮的繁榮盛景。當時別說有多熱鬧了。不論男女老少，只要待在鎮上就能過日子了。用不著出遠門買東西，這條花開小路可以滿足所有的日常所需。幾乎逢年過節才會大老遠去一趟百貨公司。

而那美好的一切，未來會不會消失無影呢？
「對了，我問妳。」
「請說請說！」
雅子太太倏然湊過來，壓低聲音問我：
「有沒有男朋友？」
唉，又是這個。每回到商店街買東西，總會被問到這個老問題。
「沒有，現在單身。」
「怎麼還是單身呢？妳今年幾歲了？二十七？」
「五。」
其實很想再用力強調一次只有「五！」好不容易才忍住沒說出口。
「現在是二十五呀，那麼和白銀家的克己差四歲囉。」
為什麼會突然迸出克己的名字呢？
雅子太太若有深意地笑了。
「差四歲剛剛好嘛，找個年紀比較小的男生也不錯喔。」
「請問為什麼要提到克己呢？」

「哎唷，不必害臊嘛！」雅子太太放聲大笑，擺了擺手。「克己不是讀小學時就常嚷嚷著『我長大以後要跟亞彌姊姊結婚』嗎？」

他的確說過。沒錯，他確確實實講過這句話。沒想到雅子太太的記性這麼好，真不曉得她是什麼時候聽見的。

「妳那時候不也連聲『好好好』，點頭答應他了？」

「那只是……」

換成是誰都會這樣回答吧？面對一個小自己四歲的小學男孩子，任何人都會敷衍一下說「好好好」呀？

更何況那個年紀的克己，長得可愛極了。

雅子太太繞著克己的話題調侃了老半天，我一吃完就拔腿逃離南龍拉麵店了。照這樣子看來，雅子太太和往常一樣過得很好，我這個外人應該不必擔心她丈夫會有外遇問題了。

萬一秋山老闆真的出軌了，若不是雅子太太極為堅強、或者極度遲鈍，那就是秋山老闆在那副憨厚的面具底下暗藏著狡詐的心性。

「哦……」

手機震動了。拿出來一看，是北斗打來的電話。

「喂？」

（我是北斗。現在方便接電話嗎？）

北斗的聲音還是老樣子，透著幾分膽怯。

「我正在南龍拉麵店的門口。」

（啊，那麼，有空到我店裡一趟嗎？）

「可以呀，怎麼了嗎？」

（有點事。）

有點事……。不曉得是什麼事。

10

我鑽進位於二丁目南側的松宮電子堂店門旁的小路裡。這條羊腸小徑只有貓咪和這一帶的

居民知道而已。所幸附近沒有酒館，不至於引來沒公德心的醉鬼進來裡面嘔吐或小便。

小路的盡頭，一邊是小得不能再小的花開公園，另一邊則是從來不關上的松宮電子堂後門。我探頭張望，門裡堆滿各種機器零件和其他用途不明的玩意，看起來宛如 Cyberpunk 世界中專門收破銅爛鐵的地方，而埋首其中的是套著作業圍裙的北斗。

「北斗。」

「啊，抱歉！」

我沒等招呼就逕自走入這個熟悉的地方，在客用的圓凳坐了下來。這把凳子通常是給來這裡發牢騷的鄰居爺爺奶奶們坐的。

「不好意思，勞駕跑一趟。」

「沒關係，我也剛好要找你。」

「找我什麼事？」

北斗一邊問，一邊從熱水瓶裡注水到茶壺裡。圓形托盤上面固定擺著一套日式茶具組，由此即可看出平常來找他的都是銀髮長者。可是，我們兩個明明都是年輕人，他怎麼不問一聲「要不要喝咖啡」呢？

「你應該聽說我爸爸出門了吧？」

端起茶壺斟茶的北斗點點頭。果然被我料中了。

「對不起，我不能告訴妳聖伯去做什麼了。」

「算了。」

反正早就習慣了。

「來，請用茶。」

「謝謝。」

一個二十一歲的男生，從沏茶到斟茶的一連串動作一氣呵成，這樣好嗎？

「想問你一件事。」

「請說。」

「我爸爸說要從南龍拉麵店偷走某件東西。」

「對不起。」

「別一直向我對不起嘛。」

「對不起。」

北斗又說了。

「你知道他要偷走什麼東西吧？」

北斗只默默地喝了一口茶。是呀，他什麼都不能說，也只能悶著頭喝茶了。

「那麼，只回答這個問題就好。」

「什麼問題？」

「要偷的東西，是大的？還是小的？這總可以講吧？」

我努力擠出一個自以為最可愛的笑容，希望有效果。北斗卻連一點反應都沒有。應該說，他根本沒看我的臉。

「說不定……」

低著頭的北斗開口了。

「說不定？」

「說不定非常大，但說不定非常小。」

猜謎嗎？

「這算什麼答案！」

「對不起，我只能透露這麼多了。」

嗯。沒關係，本來就沒有抱太大的希望。

「不會有危險吧？」

「絕對不會！」北斗用力點頭保證。「負責執行的是我和克己，我們絕對不會讓聖伯有絲毫風險。」

嗯，這樣就好。

「謝謝，麻煩你們了。」

我心裡有千百個不願意對著要去偷東西的人說「麻煩你們了」，實在逼不得已。

「今天請妳過來是要報告兩件事。」

「嗯？」

對哦，這是我來這裡的目的。

「一件是不太尋常的事，一件是妳不會喜歡的事，想先聽哪一件呢？」

「這樣哦……」

兩件我都不想聽呀。別一本正經的表情，怪嚇人的。

「好吧，先講我不會喜歡的事。」

「好。」北斗點了頭，說，「明天慎吾會去家教班吧？」

「嗯。」

除非感冒了，不然應該和平常一樣開開心心地來上課。啊，差點忘了！爸爸不在家，上課前我得去買甜甜圈才行。

「謝謝你提醒我！」

「提醒什麼？」

「沒事。繼續講吧。」

北斗做了一次深呼吸之後才開口：

「明天請晚點下課。」

「晚點下課？」

「對。」他點點頭。「三十分鐘就夠了，方法由妳決定。看是要讓他們多做一些題目，或是閒聊一下，只要能夠拖時間都好。總之，請讓慎吾晚半小時回家。」

意思是……？

「該不會和偷東西有關吧？」

「我不能說。半小時聽起來也許久了一些，不過晚個十分鐘、二十分鐘下課應該是常有的事吧？」

話是沒錯。

「是爸爸要我協助偷東西的任務嗎？」

「從結果來看也許如此，但不完全正確。」

哪個部分不正確？

「其實這件事不必請亞彌姊幫忙，光靠我們也辦得到。只是讓慎吾晚半小時左右回家，不是什麼難事。譬如我或克己假裝剛好在半路碰到他，順勢坐在長椅上聊聊電玩的話題，半小時一下子就過了。」

對哦，有道理。

「這項提議不是聖伯，而是克己說的。他說，要是亞彌姊日後弄清楚是怎麼回事，一定會很難過，因為亞彌姊的責任感比任何人都強。萬一慎吾晚回家了，南龍拉麵店打電話來問問情況，妳一定大驚失色，等到事後發現這屬於偷東西行動的一環，心裡一定非常受傷。」北斗神情嚴肅地直視著我的眼睛繼續說，「所以，這是我和克己的請求。聖伯絕對不會拜託亞彌姊幫忙的。」

他的表情真的非常嚴肅。北斗用這麼嚴肅的表情說話，不可能騙我的。

「不會有危險吧？」

「不會。這個季節就算晚個半小時回去，天色還很亮。」

從我家到南龍拉麵店，只要沿著拱廊一直走就到了。況且小朋友們下課的時候，三太警官或角倉警官一定會走到派出所外面，目送他們回家。

「我明白了。」

只要目的是幫助事情往好的方向發展，我在課程的尾聲談些額外的話題、稍微聊久一點，晚個半小時下課並不是什麼難事。

「我會盡量晚一點下課。不過，萬一小朋友們急著回去呢？尤其如果慎吾等不了半小時，先跑回家了，我可攔不住喔。」

「無論如何請務必留住他！我們需要半小時才能完成任務。譬如規定他們一定要解出最後那道題目才可以回去之類的。」

我輕輕嘆了一口氣。心裡有些內疚，但非做不可。

「嗯，知道了。」

「萬事拜託！」

我告訴自己儘管放心。既然是爸爸和克己、北斗一起執行的計畫，絕不會是壞事。

「那麼，另一件事呢？」

「那件事不太尋常。」

「怎麼說？」

北斗喝了一口茶才往下說：
「亞彌姊，妳聽過馬修集團嗎？」
「馬修？」
好像曾在一部戰爭題材的老電視影集裡出現過這個名字。
「是一個香港的大型超市連鎖店，這家企業還沒有進軍日本，不過幾年前開始急速成長，展店速度相當快，業績也勢如破竹。」
「是哦。」
海外超市這個話題實在和我的日常生活距離太遠，況且不在日本展店，更不可能聽過了。不過，相關的業界人士應該知道吧。
「這家集團在韓國、中國以及夏威夷都開了超市，甚至跨足百貨公司和時尚圈，目前已經是廣受全球經濟界注目的新興企業了。」
這樣哦，真厲害。
「所以呢？」
北斗在桌面的電腦鍵盤敲了一陣，又點了幾下滑鼠。
「請看一下。」

我看著螢幕，馬上知道是什麼了。那是在花開小路上架設的監視器錄影畫面。委託方當然是商店街，而管理方則是保全公司。不過這項經費是一筆不小的支出，最近商店街自治會開始討論別再續約了。

「咦？」

畫面拍到某一家店的門前。監視器只錄下黑白畫面，再加上解析度不高，除非被拍到的是認識的人，否則無法立刻辨識其身分。

「這是哪裡？」

「一丁目剛開幕的美甲沙龍。」

對，是那裡！平常根本沒機會進去那家店。當然囉，我很注重指甲的保養，也想試一試做美甲，可是真要踏進那種專門店，恐怕需要幾分勇氣。

「然後呢？有什麼不對勁嗎？」

從畫面上看不出任何異狀。只是有兩個人站在店門口交談而已。

「請注意這個穿襯衫牛仔褲搭開襟毛衣，一身休閒打扮的男人。」

「嗯。」

看起來像滿街都是的中年大叔。也可能還不到被喚成大叔的年紀。

「這個男人，就是馬修集團的總司令。」

「什麼！」

總司令……！

「就是整個集團的最高領導人。這位有資格登上《時代雜誌》封面的大人物，居然出現在我們這個小城市一條冷冷清清的商店街的美甲沙龍門前。」

「會不會認錯人了？」

我從不懷疑北斗蒐集情報的能力，不過……。北斗一聽，又敲起鍵盤、移動滑鼠，電腦螢幕隨即跳出了另一個網頁。

螢幕上映著一位西裝革履的男士坐在高背沙發上，面露微笑。

「這就是馬修集團的領導人黃．拉賓。」

「啊！」

看得出來的確是同一個人，絕不只是長相神似。

「光是在這個小鎮現身就很奇怪了，再加上這家店的負責人是……」

「啊，爸爸講過！」

「就是說啊。」

爸爸曾經提到，這家店的負責人似乎曾經進出黑道組織的事務所。雖然沒有確切的證據，但爸爸的記憶力不容質疑。

「就算那個負責人本身不是黑道成員，總之還是與黑道有所牽連。」

「一家跨國超市企業的領導人出現在這種地方？」

這未免——

「太不尋常了。」

「很不尋常吧？」

「與其說不尋常，根本到了令人咋舌的程度吧？問題是這種令人咋舌，不知道應該戒慎恐懼，還是可以欣喜鼓舞。」

北斗點點頭。

「我也希望能以歡欣鼓舞的結局收場。最好不會橫生枝節，大家可以盡情高興我們這條花開小路居然來了這樣一位大人物。」

「事情似乎沒有那麼簡單。」

「看樣子應該是。」

到底是怎麼回事？老天爺，請告訴我，這條花開小路即將面臨什麼樣的考驗？

「總之，我會加強監視，持續觀察會不會是歡欣鼓舞的結局。」

「不是監視，而是偷窺吧？」

畢竟沒有經過正式核可。

「話是沒錯，我只是覺得這個情況不容小覷，必須嚴陣以待。」

北斗說這段話時的神態令我訝異。咦，我的第六感好像也挺準的喔。

我從北斗的身上嗅到了不同以往的感覺。該怎麼形容才好呢？有點像是男人認真時散發出來的光芒。哎，就是那種認真工作的男人身上發出的氣息嘛，大家應該懂我的意思吧？

我從他身上感受到了這種氛圍，不由自主點頭同意了他的看法，接著說：

「好，加油喔！」

然而，就在兩天後，又發生一起令人驚訝的事。我接到一通來自南龍拉麵店的電話。

（亞彌嗎？我是南龍的雅子。）

「喔，您好，承蒙關照。」

（聖伯還沒回來吧？）

「您問家父嗎？是的，還沒回來。」

（這樣哦……傷腦筋哪……）

「請問有什麼事需要家父幫忙嗎？」

（嗯……聖伯很懂藝術，對不對？）

「是的。」

懂藝術？怎麼回事？南龍拉麵店為什麼突然提到這個話題？

（事情是這樣的，有件東西想勞駕聖伯鑑定一下，不曉得能不能請妳代勞呢？）

「要、要鑑定什麼？」

（我家牆上突然多了一幅畫。）

「一幅畫？」

11

「真的是畫？」

確實是一幅畫。千真萬確的繪畫。畫作。

而且那幅畫的尺寸相當大。我不知道畫作尺寸的號數該怎麼算，呃，包含畫框在內，就和擺在畫作正下方那台液晶電視機的大小差不多。

「這台電視是幾吋的？」

「三十四吋。」

所以這幅畫的尺寸和那台電視機一般大。

我現在站在南龍拉麵店的客廳，這個空間剛好介於兩扇隔間拉門之間，一扇拉門旁立著餐具櫃，另一扇則通往洗臉台。畫作下方的褐色電視櫃上擺了一台液晶電視機。我記得這台電視機是他們在某個活動抽中的大獎，慎吾當時高興得不得了，給我留下了深刻的印象。

不過，那些都不重要。

一幅畫。

「怎麼樣？看得出來是誰畫的嗎？」

雅子太太問了我，可是我根本不懂畫。

「這幅畫真美。」

我只能擠出這句話而已。

「是呀，真美。」

哎，現在不是悠閒地談天說地的時候。

「這幅畫是突然出現的嗎？」

「對呀！」雅子太太右手比劃了一下，皺起眉頭說。「真把我們嚇了一大跳！」

據說是昨天晚上發生的事。也就是慎吾在我的家教班上課的期間。那個時候的南龍拉麵店當然還沒打烊，顧客還在店裡吃晚飯，是一整天中僅次於午餐的尖峰時段。

「等到發現的時候，已經掛在牆上了。」

「等到發現的時候？」

「是呀。」

雅子太太點著頭。此刻，切菜聲從店裡傳來，應該是秋山老闆正忙著準備開門營業。慎吾去學校了，雙胞胎女兒也上幼稚園了。

「一開始……」

「請慢慢說。」

「家裡的爺爺奶奶以為是別人送的，所以掛到牆上了。」

「理所當然這麼想。」

客廳牆面忽然掛上一幅畫，任誰都以為是這樣。一定是家裡的其他人掛上去的。

「可是，爺爺奶奶都說沒看到是誰掛的，孩子的爸爸也嚇了一跳，當然更不可能是慎吾、綾香或彩香掛到牆上的。」

「就是說呀。」

那麼高的位置，小孩子根本搆不到。

「我們發現沒人知道是誰掛的，決定先拿下來再說。」

雅子太太接著說，大家動手從牆上拿下這幅畫，沒想到拿不下來。文風不動。他們也試過把面頰貼在牆上，想看看畫作是怎麼掛在壁面的，可是二者之間沒有任何縫隙。

「真的怎麼扳都扳不動耶！」

「對吧？我們實在不知道到底是用什麼方法掛上去的。」

又多了一個謎題。快乾膠？我只想得到這個。可是已經使盡吃奶的力氣了還是沒辦法扳開，想必用的是超級快乾膠。

「愈想愈心裡發毛。不過……」雅子太太微微一笑。「這幅畫真的好美。看著看著，讓人心情漸漸平靜下來。」

雅子太太說得沒錯。畫中描繪的景致像是歐洲某地的原野風光。季節應該是春天，一片新綠。上面還畫了小小的人和馬車，看起來很像貴族千金小姐。

我真的一點都不懂畫，可是看到這幅畫時卻打從心底覺得「真好看」。我想，傑出的藝術，足以讓外行人也能領略到真善美。

爸爸常說：人人平等，方為真正的藝術。

所以，這幅畫……。

「我說，亞彌。」

「請說。」

「可以幫忙查一下這幅畫的來歷嗎？」

由我調查？

「聽說現在只要上網，一下子就可以查到各種資料。可惜我們家沒人懂那個。」

「那就交給我吧。」

我掏出手機，拍下這幅畫的照片，一邊拍一邊暗自嘀咕：用不著調查，找北斗或克己問一聲就知道了。

毫無疑問，這是爸爸做的好事。我非常肯定。否則就說不通了。從時間來看，正好是北斗請我幫忙的那個時段，也就是讓慎吾晚半小時回家的同一個時段。

「請問……」

「什麼事？」

「推測這幅畫被掛到牆上的那段時間，慎吾還在家教班上課吧？」

雅子太太想了一下之後點點頭。

「應該是。」

「慎吾的兩個妹妹，綾香和彩香呢？」

「奶奶帶她們去澡堂了。」

去澡堂了。原來如此。秋山家當然也有浴室，但是不少街坊鄰居還是習慣到商店街巷子裡的龜湯澡堂。記得慎吾說過，他兩個妹妹很喜歡上澡堂。

換句話說，爸爸他們事前已經徹底掌握這些資訊了。

可是，不對。

爸爸那時是說要從南龍拉麵店偷走東西。假如這件事的確是爸爸他們做的，那就不是偷東西了，而是掛畫。該不會這是聲東擊西的手法吧？

「雅子太太，請問一下。」

「什麼事？」

「家裡多了這幅畫，那麼，有沒有少了什麼東西呢？」

「妳和我想得一樣！」

我們果然有同樣的想法。

「可是，家裡的東西一件都不少，既沒被偷也沒被搶，就是牆上被掛了這幅畫而已。」

這樣哦。真是如此嗎？爸爸他們到底偷走什麼東西呢？

「那麼，派出所那邊……」

「是呀。」雅子太太點頭。「畢竟有人進來掛畫，那就是非法侵入住宅，對不對？」

雅子太太說得對。某個不明人士，儘管我心裡有數，擅自從南龍拉麵店的後門，或者說住家的正門進來，擅自掛上畫。

「所以，本來一發現就要跑到派出所報案，可是後來一想，那個叫什麼來著，就是讓人吃一驚的慶祝方法？」

「驚喜活動嗎？」

「對對對，就是這個！奶奶說，會不會是有人想給個驚喜，所以才來家裡掛了畫。」

「您們想得到誰會這樣做嗎？」

「完全想不到耶！」

雅子太太笑得連眼睛都瞇了。沒錯，這一家人個個都是這樣開朗樂觀。儘管家計吃緊，依然天天哈哈大笑，開心過日。

「這麼說，還沒到派出所報案囉？」

「是呀。」雅子太太頻頻點頭。「掛畫的人似乎沒有惡意，所以我們決定等一陣子再說，總不至於在畫裡面埋了炸彈吧？」

「應該不至於，倒是有可能裝了竊聽器。」

「哇！」雅子太太頓時張目結舌。「幸好，就算被裝了那種東西，家裡也沒聊什麼見不得人話題事，不怕旁人聽了議論。」說到這裡，雅子太太陡然雙手一拍。「松宮電子堂！」

「嗯？」

「那家電器行的兒子北斗，應該知道怎麼找出竊聽器吧？」

「呃……」

這算不算引狼入室？

雅子太太當場拿起電話撥給松宮電子堂，連珠砲似地要北斗帶著能夠偵測出竊聽器的工具立刻過來，也不管對方答應沒就逕自掛了電話。

不到一分鐘，北斗已經出現了。

「喔，亞彌姊也在啊？」

「呃……嗯……」

嚇我一跳。原以為北斗在這裡看到我，應該會慌了手腳，沒想到他神情自若，十分鎮定。如果這完全是演技，或許北斗沒有我想像的那般怯懦，而是一個鐵錚錚的男子漢。

「要我檢測哪裡呢？」

雅子太太指著客廳，嚷嚷著這裡這裡。北斗脫了鞋走進客廳，雅子太太又伸手指著那幅畫。

「就是這個。」

「這個？」

一派自然。北斗的神態實在太自然了。難道是我誤會了，這幅畫並不是爸爸他們掛的？

「那麼，我來檢測看看。」

北斗從工具袋裡拿出一架我沒見過、也不怎麼起眼的儀器，接著又掏出一隻外型像是無線電收發機瑕疵品的東西，啟動開關，立刻發出一聲嗚嗡的電子噪音，然後持續發出一陣又一陣嗚嗡嗚嗡的聲響。

北斗握著那只類似無線電收發機瑕疵品的東西到處走動。

我和雅子太太縮在客廳角落裡看著北斗的檢測過程，忙完開店準備的秋山老闆也從店裡探頭過來看看情況。

嗚嗡嗚嗡。嗚嗡嗚嗡。

「呃……」

北斗嘟噥著，抓了抓頭。

「怎麼樣？」

「這個嘛……」北斗顯得有些為難。「這幅畫上沒有裝竊聽器。」

「這樣喔。」

「請等一下。」

北斗說著，這回從工具袋裡抓出一支棒狀儀器，上端連著圓圈。啊，那是金屬探測器，在機場安檢處常常可以看到這種檢測儀。只見北斗手持探測器，慢慢掃過畫作的表面。

「裡面沒有金屬物，這只是一張普通的圖畫而已。」

「那，剛才那台機器為什麼一直嗡嗡叫呢？」

雅子太太反問。

「這張圖上沒有裝竊聽器，但是家裡的其他地方似乎有竊聽器。」

「什麼？」

雅子太太並不是刻意誇大反應，而是真的嚇了一大跳。秋山老闆也非常震驚。

「我可以檢查其他地方嗎？」

「可以可以！快點檢查！」

12

原來在這裡。居然藏在裡面。

南龍拉麵店的住家客廳的桌面，上頭擺著茶杯、面紙盒、點心盤等等，就躲在這些東西之間。

「這東西叫什麼來著？」

雅子太太囁嚅問著。

「三孔式插座延長線。」

北斗回答。

「可是，家裡的電器插頭統統只有兩支腳，插座為什麼偏偏多一個洞呢？」

這這這……這確實也是我的疑問，可是雅子太太，現在不是討論這種問題的時候呀！

「有些電器是三腳插頭，需要可以對應的三孔式插座。」

北斗耐心答覆後，將那條延長線的三孔式插座拆解開來，取出裡面一個黑色的小零件。

「你確定這就是所謂的竊聽器嗎？」

秋山老闆詢問。

「錯不了！藏在插座延長線裡是最佳的供電來源，可以持續竊聽直到這條延長線壞掉為止。」

「竊聽……」

秋山夫婦同時喃喃複誦。

「是誰把這種東西放進家裡的？」

「妳沒發現嗎？」

「沒發現呀！這條延長線不是用了很久嗎？」

「什麼時候買的？」

「早就忘了！」

雅子太太回答。這不能怪她，不會有人記得家裡的插座延長線是什麼時候買的。就拿我家來說吧，現在用的那些延長線都不是我買的。

「關鍵就在這裡！」北斗解釋，「這種東西從外型到顏色幾乎大同小異，誰也不會察覺有什麼不同。只要拿同款的產品調換，大家都說根本看不出來。」

大家？

「北斗。」

「請說。」

「你也接這種幫人家找出竊聽器的工作嗎？」

「是的。」北斗答得十分輕鬆。「這時代什麼工作都得接，否則沒辦法生存下去。」

我明白北斗的意思，但是他的應對再一次令我訝異。以前覺得他是個弱不禁風的宅男，沒想到恰恰相反。現在我可以理解柏克萊餐廳那個漂亮的奈緒願意和他在一起的原因了。

「老闆和老闆娘，不好意思……」北斗對秋山夫婦說，「雖然在府上找到了竊聽器，不過大可不必把這件事看得太嚴重。」

「什麼？」

秋山夫婦同時瞪大了眼睛。真的不必看得太嚴重嗎？

「乍聽之下也許無法接受，但這是事實。」北斗拿起了插座延長線。「現在竊聽器這種玩意到處都買得到，只要去一趟秋葉原，輕輕鬆鬆就能買到了。上網買也很容易。也因為如此，社會上出現了愈來愈多竊聽狂。」

「愈來愈多……」

北斗點了頭。

「比方說……老闆。」

「嗯？」

「如果您在店裡撿到一條不是全新的，而是像這樣有點舊的延長線，會怎麼處理呢？」

北斗把那條插座延長線遞向秋山老闆。

「這個嘛……」秋山老闆歪著頭想了想，隨即接了過去。「起初心想這東西怎麼會掉在這裡，然後撿起來隨手擺著。」

「是的，一般人都會這樣處理。」

「啊！」秋山老闆不由得大叫一聲。「這麼說，那種竊聽狂來我店裡吃拉麵時，偷偷把這條延長線扔在地上！」

「就是這樣。老闆忙著店裡的事，隨手撿起來以後就忘了。應該不會有人一直惦記著撿到這種小東西的事。一陣子過後，也許是秋山爺爺或雅子太太恰巧發現了這條延長線，心想『哎呀，正好合用』，於是拿進客廳裡用了。」

「而我們就這樣被竊聽了。」

「是的。」北斗點點頭。「老實說，這種時代出門散步一圈，沿路隨隨便便都能找到十幾二十個呢！」

那麼嚴重？是真的嗎？

「那些人放竊聽器的目的是什麼？」

雅子太太問說。

「多半沒什麼特殊的目的，只是好玩而已。」

「為了好玩……」

「偷聽別人家的對話，這種嗜好雖然下流，但十分刺激，不是嗎？」

後來話題的焦點集中在竊聽器上，那幅畫的問題就此不了了之。倒也不是放著不管，畢竟心裡還是不太舒服，只是他們嫌麻煩不願意去報案，免得把事情鬧大了。因此由我先著手調查那幅畫的來歷，一切等爸爸回來以後再說。

「大家都信任聖伯在藝術鑑賞方面的造詣。」

北斗邊走邊說。秋山家認為，只要知道那幅畫的來歷，或許就能解開部分疑惑。也許過一陣子，掛畫的人會主動聯繫，在此之前暫時耐心等候。

我想，秋山家的決定，可以歸功於那幅畫本身的魅力。確實是一幅好畫，連我都想要呢。

兩人來到了位於二丁目南側的松宮電子堂後方從不關門的維修間。我有滿肚子的問題想問北斗，不方便在街上邊走邊問，就這麼隨著他一起回到這裡了。進去一看，克己坐在裡頭喝著茶。

其實我隱約猜到他會在這裡。

「辛苦啦！」

「嗯。」

「亞彌姊，辛苦妳了。」

克己露出親切的笑容。

「還好意思說辛苦了？」

「嗄？」

「什麼嘛，害我莫名其妙地蹚渾水！」

「息怒息怒！」克己直搖手。「找亞彌姊過去的不是我吧？是南龍的雅子太太，對吧？」

沒錯。我深深感到自己完全任由爸爸和這兩個人的策略擺布。

我連問都不必問他：你人在這裡坐，莫非長了千里眼？因為眼前那台電腦螢幕上呈現的監視器畫面可以看到南龍拉麵店的店簾。

「所以呢？」

我一屁股坐上了圓凳。北斗飛快送來一杯新沏的熱茶，擱在我面前的桌上。說是桌子，其實是電纜木軸充當的擺置架。

「來，一五一十講清楚，不准說你們什麼都不知道！」

「講啥？」

「那幅畫，是我爸爸安排的吧？」

爸爸明明告訴我要偷東西，怎麼變成了掛上一幅畫呢？

「為什麼要掛畫？」

克己和北斗交換了眼神，咧嘴笑了。

「不曉得耶。」

就知道會來這招，那我也只好使出殺手鐗了。

「克己……」

我故作嬌態，甚至伸手搭在克己的手背上。可以感覺到他倏地全身僵硬。

「人家很擔心爸爸嘛……想知道究竟發生什麼事了呀……」

我貼上去，在他耳畔輕聲央求。——來吧，看你怎麼接招！

「這、這個……那、那個……」

「阿克，不能講！聖伯再三叮嚀了！」

「哦……嗯！」

克己猶如抓獨角仙似地，撐開大拇指和食指，將我的手捏提起來，輕輕地移開。

「亞彌姊，饒了我吧。我們真的不能講啊。」

我像個上小學的小女孩那般嘟嘴鼓頰。可惡，裝可愛也不奏效。

「妳想知道的我們不能講，不過，這個可以告訴妳……不對，應該說是我們查到的。」

克己移動滑鼠，點了幾下，電腦螢幕跳現一幅畫。

這幅畫……。

「對對對，就是它！」

我急著掏出自己的手機，找出剛才拍的畫作兩相對照。沒錯，是同一幅！

「這是誰畫的？」

一問完，克己在圖上點擊一下，立刻出現了畫作解說。

「塞繆爾．德拉葛西丹〈慕情〉，一八六三年作品。德拉葛西丹在印象派畫家中被視為異端，原因在於其作品用色。印象派的特色之一為色彩鮮豔，其中又以德拉葛西丹特別強調。在他的畫作中，即使是綠色，亦會層疊混用幾十種不同的綠，造成觀者強大的震撼；與此同時，其整體構圖卻又形塑出清爽的意象，帶給觀者輕快的愉悅。這種絕妙的氛圍，被莫內譽為『獨樹一幟，餘人難望項背』。初期畫作描繪巴黎舞者群，多屬佳作；然而勾勒南法風光的後期作品彰顯出牧歌式的強韌生命力，傑作無數。」

原來如此。

懂了懂了，原來是這麼一位畫家的作品。咦？等一等。

「塞繆爾．德拉葛西丹這個人我從沒聽過，頂多知道印象派這個字眼而已。名氣很大嗎？」

克己搖了頭。

「不算出名。一般人聽過的是莫內啦、塞尚啦、竇加啦這幾個。在日本，幾乎沒人聽過這個畫家，不過，倒是擁有一票死忠的行家粉絲。這樣說吧，好比一顆蒙灰的珍珠囉。」

拿「蒙灰珍珠」來形容畫家似乎不怎麼恰當。算了，暫且不追究。

「還有另一篇解說文，要看嗎？」

克己又移動滑鼠點了一下，跳出另一個視窗，文字如下：

「〈慕情〉堪稱德拉葛西丹後期的代表作，來自魯帑伯爵的委託，世族沒落後一度行蹤成謎，直至一九五八年再次出現，由畫商曼．迪捐贈亞爾撒布爾美術館，相關人士大為欣喜。可惜一九五九年春天，遭到曾於英國橫行一時的 Last Gentleman-Thief "SAINT" 竊走，此後再也不知去向。」

天啊……果然……。我嘆了一口長氣。

「是爸爸沒錯。」

想想，這應該是我第一次親眼看到爸爸竊得的物品。

那幅畫確實是爸爸掛上的，幫手則是這兩人。雖然我還是猜不透他們究竟是怎麼辦到的。

克己一臉裝傻，北斗面露憂心。好了，我該作何反應呢？

「讓我想一下。」

我朝兩人揚起右掌，要他們讓我靜一靜。是的，我需要靜心思考。真的很想瞭解所有的細節，但這兩個人絕對不會告訴我的。他們必定會守住那條底線，不讓我和這個計畫有所牽扯。

嗯，關於這一點，我由衷感激。

可是，還是很想知道。我得用點小聰明囉。

「克己，聽我說……」

「喔，說啊。」

「既然你們不肯告訴我，那接下來就當我一個人自言自語。」

我幾乎可以看見這兩人的頭頂上冒出一堆問號。

「要是我說錯了，你們可以搖搖頭嗎？這樣總可以吧？」

我沒等他們答應或反對，逕自往下說：

「首先，我爸爸說要從南龍拉麵店偷走東西，這麼做是為了將籠罩商店街的黑影逼出原形。」

兩人盯著我看，聽著我的分析。

「接著，爸爸不見了，沒幾天南龍拉麵店就發生怪事了。但是，不是被偷走東西，反而是家裡被掛上東西。」
那東西正是爸爸以前盜走的畫作。
「換句話說，爸爸已經從南龍拉麵店偷走某樣東西了。我認為，他偷走的也許是『平凡的日常生活』。」
兩人依然默不作聲看著我。
「爸爸說過，要讓那股暗黑力量浮上檯面。他一定是藉由掛畫誘發某種行動，而這項行動能夠間接逼迫籠罩花開小路的黑影現形，對吧？」
我質問他們。兩人對看了一眼。
「那，亞彌姊，我想問妳。」
「是我先問的耶？」
「沒關係啦。」
有關係！算了，不跟你計較了。
克己咧嘴笑著問：
「竊聽器，該怎麼解釋呢？」
「竊聽器？」

那不是……？

「湊巧發現的吧？北斗也說了，家裡突然多了一幅畫，覺得不妥，所以順便把屋子檢查一圈——」

啊！

不是這樣？

「難道……」

竊聽器才是真正的目的？那麼，那幅畫又是怎麼回事？

克己喝了一口茶，繼續說：

「接下來，南龍的雅子太太一定會到處講：『我家找出了竊聽器耶！是松宮電子堂的兒子找到的。他還說，這年頭到處都有竊聽器呢！』」

嗯，想必會逢人就說。並且不會提起家裡多了畫的事，因為雅子太太非常喜歡那幅畫。

「這樣一來，花開小路商店街上的商家一定會接二連三找上北斗，拜託他『可以來我家檢查一下嗎？』」

「那才是爸爸真正的目的？」

可是，為什麼要裝竊聽器呢？

「聖伯教過我們，『壞人要實行計畫前，第一要務就是蒐集情報』，這比什麼都重要。而聖伯之所以在這條花開小路上感覺到一股蠢蠢欲動的氣息，一定是因為『那些壞人正在暗中蒐集情報』。現在這個時代要想蒐集情報，最快的方法就是竊聽。」

「除了竊聽，就是這個了。」北斗指著電腦螢幕。「監視器。當然，我已經設定好了，只要有任何人試圖透過某種方式取得這些監視器影片，我會在第一時間收到通知。」

「那些壞人就開始著急了。竊聽器一個接一個被找出來，他們蒐集情報的手段也就沒了，不得不採取其他行動。」

克己笑得頗為得意。

壞人不得不採取其他行動，也就是籠罩的黑影被逼得現形。

「原來這才是你們的目標！」

我完全沒有察覺。

「再講一件聖伯教過我們的事。」克己接著說。「現在這個時代要想蒐集情報，第一就是裝監聽器，但是從前可行不通，根本沒有這種便利的工具。亞彌姊，妳猜猜看，在聖伯的那個時代用的是什麼方法呢？」

「問我？」

以前嗎？讓我想一想。

「舉例來說，可以偷偷進去別人的屋子裡，趴在牆上偷聽。其他還有呢？」

「還有？」

還有什麼方法呢？對了，就是那個，古裝劇常常出現的劇情！

「假扮成婢女或長工，住進目標對象的家裡工作！啊，好像叫做『探子』之類的。」

印象中曾在歷史小說裡讀到這個名詞。克己笑了。

「這個時代已經沒辦法用住家幫傭的老法子了。不過，外遇倒是個好辦法——和有老公或老婆的目標對象假裝交往。」

什麼？你說什麼？

13

「你的意思是……」

等等，讓我想一下。

「南龍拉麵店老闆的外遇是被……」

我不自覺大了嗓門，克己急得伸出右手摀住我的嘴，整句話的後半段成了模糊不清的咿咿唔唔。

「亞彌姊，太大聲了啦！」

第一次，我的嘴巴和後腦杓同時一前一後被緊緊地裹在克己那雙大大的手掌裡。噢不，小時候打打鬧鬧時可能曾像這樣被抓過頭。霎時，心跳漏了一拍，或許臉也是紅咚咚的。

我微微點了頭。克己輕輕地放開我。

「對不起……」

「別那麼興奮，小聲講話啦。這裡雖然是祕密基地，可是北斗他爸爸還在店面那邊啊。」

所以人家道歉了嘛。

「那個……呃……」

糟了，心頭怦怦跳個不停。我努力掩飾，若無其事地接著說：

「也就是說，秋山老闆的外遇，有可能是那名女公關設下的圈套囉？」

「我們可沒這樣講哦！剛才那段話，只是以前從聖伯那裡聽來的。北斗，對吧？」

「嗯。」北斗露出一如往常的善良中透著幾分怯懦的笑容，點點頭。「我們只是說，這種情況也不無可能而已。」

哎，又不是繞口令！

也罷，不問了。久違的小鹿亂撞已經煙消雲散了。

「算了。」

「什麼算了？」

「反正我知道你們和我爸爸一起在進行某個計畫。很感激大家為了不把我捲進去而不肯說出細節，真的很感謝，可是，我的忍耐已經到了極限！」

我朝克己和北斗狠狠一瞪，兩人略略往後縮躲。好，乘勝追擊！我一把揪住克己的衣領，他的屁股隨即離開了椅面。噢，不是我力大如山，把克己整個人拎起來了，而是我伸手過去準備揪衣領時，他就自動湊過來讓我抓住了。

「克己小弟弟——」

「是，小的在！」

「我好歹也是Last Gentleman-Thief的女兒。既然某項計畫已經啟動了，絕不可能不聞不問，置身事外。」

「可、可是……」

「統統說出來！」

「可是……」

「沒什麼可是不可是的！我保證絕不參與，只要你們不告訴爸爸已經把計畫說給我聽了，不就沒事了嗎？同樣地，我也不會讓爸爸知道已經從你們那裡聽到整個計畫了。」

我一鬆手，放開了克己。克己重重地落回椅子上。

「立．刻．從．實．招．來！」

我抬頭挺胸，雙手叉腰，站在他們面前。

想起來了，他們還是壞小孩的時候曾用油漆在商店街的路面塗鴉，當時我就是這樣叉腰站立，把這兩個傢伙臭罵了一頓。

克己無奈地嘆了氣。

「沒辦法了。」

「克己！」

「沒關係啦。就像亞彌姊說的，反正計畫已經啟動了。萬一聖伯生氣了，由我扛起來向他賠罪。」

「你不必賠罪。假如被爸爸發現了，我會出面解釋。」

畢竟我是親女兒。克己點了頭。

「亞彌姊，坐下來啦。那副德性怪嚇人的。」

「沒禮貌！」

怎麼可以對一個嬌滴滴的美少女講這種話呢？

「總之，大致上都和亞彌姊想的一樣。」

「嗯嗯嗯。」

「我從頭說吧。」

克己一開始說的事，我已經從爸爸那裡聽過了。

「好一陣子前，聖伯就隱約覺得花開小路商店街有一股蠢蠢欲動的氣息。然後，發生了這次南龍的老闆外遇事件。」

嗯，是這樣沒錯。

「再加上——」

「再加上？」

「北斗上回講過了吧？佐東藥局的老闆娘常去牛郎俱樂部，被年輕的男公關迷得神魂顛倒。

另外，大學前書店的美波和有婦之夫交往。」

「啊！」

對對對，我把這事忘得一乾二淨。

「這兩件連同南龍的事總共三件，用個概括的講法，這三起『外遇事件』幾乎發生在相同的時期。當事人的家裡都有小孩在亞彌姊的家教班上課，未免太巧了吧？」

「是呀。」

狀況的確如此。

「外遇事件在現代社會根本不稀奇，不過，我對亞彌姊可是一往情深喔！」

「別岔開話題！」

克己繼續敘述。

「在這條短短的商店街上同時發生那種事，先不說巧不巧，亞彌姊，這三家店有沒有讓妳聯想到什麼？」

「這三家店？」

「南龍拉麵店、佐東藥局，還有大學前書店。」

會是什麼呢？

「要我找出它們的共通點嗎？」
「對對對！」
見我歪著腦袋瓜納悶，北斗開口提示：
「這幾家都是花開小路商店街上的老店，對不對？」
「啊！」
沒錯，這三家都是傳承兩代，甚至三代的老鋪子了。克己和北斗雖然也是第二代，但都還沒正式當家，在這裡做生意頂多三十年左右。
但是，南龍拉麵店、佐東藥局，以及大學前書店，起碼都是六十年前就在這裡開店營生了。
「而且，這三家店都是自己的地，不是租來的。我家和北斗家都是租的。」
「是哦？」
這點我倒是不曉得。既然能夠傳承兩三代，應該是自家的土地吧。
「除此之外，還有另一項共通點，猜得到嗎？」
「我想想哦……」
南龍拉麵店、佐東藥局、大學前書店……這三家店還有什麼共通之處呢？我扶額沉思。
想到了！

等等，可是這表示……。我不禁睜開眼睛，看向克己。

「該不會……」

「妳猜得沒錯。這三家都是自治會的老成員，說話極有份量，而且個個誓死保衛這條花開小路商店街。那三起外遇事件，簡直像是鎖定這三戶人家刻意製造出來的！」

克己說完，臉上浮現無所畏懼的笑容。就是這個笑容。畢竟是一度誤入歧途之人，這小子一旦嗅到麻煩的氣味，反倒精神抖擻，勇猛直前銳不可當。

「不覺得這絕對不是巧合嗎？」

「的確。」

是呀，這已經無法用巧合來解釋了。

「另外，雖然還沒證實，但那幾家新開的店似乎都和黑道組織有所關聯吧。」

對了，還有這個問題。

「所以，聖伯首先注意到的就是這一點。他認為這一定是某人在這條花開小路商店街施行的陰謀。然後，剛才不是提過，壞人要動手之前一定會先蒐集情報嗎？那，假如封鎖了這條資訊管道，對方接下來會出什麼招式呢？」

「你的意思是……」

第一步是把竊聽器統統找出來。

「總不能打草驚蛇，沒來由就上門嚷著『我們來找找看有沒有竊聽器哦』。一定要想辦法布局，由商店街的店家主動要求我們去檢查才行。」

「所以才掛上那幅畫？」

「對對對！」

這麼說……。

「我自己傻乎乎地掉進設下的陷阱囉？咦，難道連這一點也在你們的算計之內？」

克己和北斗露出得意的微笑。

「哪會算到那麼遠啊！原本打算掐準時機，由我或北斗上門吃飯，擔任亞彌姊今天的那個角色。」

也就是說，雅子太太找我過去看看，而我在毫不知情的狀況下進了她家。等等，說不定這一切爸爸早已料想到了。當客廳被掛上畫，雅子太太一定會找我的。

話說回來。

「為什麼選擇掛上一幅畫呢？」

如果目的是偵測店家是否被放了竊聽器，其實用不著掛畫，應該有其他更簡便的方法吧，何必特地掛上那麼貴重的真跡呢？

我提出這個疑問，克己和北斗也同樣感到不解。

「我們也不懂為什麼，只是聽從聖伯的指示照做。」

那一定是預留的伏筆，然而我們三人卻完全猜不出來。可以想見，那幅畫的存在必定有其用意。

「等等，不對喔。」

「怎樣？」

我腦中又浮現了另一個疑問。

「聽我說。」

「嗯。」

「花開小路商店街上的左鄰右舍交情都很好，對吧？」

「是啊。」

「打個比方，只要在開例會時說上一句『聽說最近很多地方都被裝了竊聽器，我們要不要也檢查一下？』接著找來北斗挨家挨戶檢測，就能達到目的了。說不定大家覺得反正花不了多少錢，很爽快就答應了；又或者可以舉些真實的例子給他們聽，大家聽得心裡發毛，乾脆決議用公費支出做全面檢測，這也不無可能。」

毋寧說，事情按照這個方向發展的機率相當高。

「既然如此，為什麼要用那種策略呢？」

「不愧是亞彌姊，腦筋真好！」

嘴巴真甜，可惜這招對我不管用。

「聖伯不希望被對方察覺商店街的居民，尤其是北斗，已經嗅到不對勁並且採取反制行動了。換句話說，檢測竊聽器的起因必須來自完全無關的事件。」

這意思也就是——

「爸爸還沒掌握到任何證據。」

「嗯。」

「這條商店街除了南龍拉麵店、佐東藥局和大學前書店以外，同樣屬於自治會資深成員並且擁有自家土地、但到目前為止沒有發生外遇事件或其他問題的，只剩下一家而已，而且是影響力非常大的店家。」

我知道了！

「由花開小路商店街的耆老島津泰次郎坐鎮的島津綢布莊！」

「完全正確！」克己用力點了頭。「我敢打包票，如果這一帶真有壞人在暗中行動，目的絕對是這條商店街。進一步說，假如這條商店街被盯上了，第一個目標幾乎可以肯定是島津綢布莊。可是，現在只有那老頭家什麼怪事都沒碰上，天天過得笑呵呵，不得不令人起疑。」

所以，為了不使島津綢布莊的泰次郎察覺異樣，才刻意安排了這場表演，讓他以為商店街的居民還沒人發現不對勁。

我抬手扶額，癱坐在椅子上。

想得我都快腦袋發燙了。

14

「跟我去散個步吧。」

「重講一次！」

「啊，對不起。請問有這個榮幸邀您一起散步嗎？」

爸爸離家後的第四天，星期日。家教班照例不上課。原本正在計畫今天的行程時突然克己來了，一開口就是前面那段對話。

「這是約會嗎？」

「呃，也算是約會，還要談別的事。」

「是哦？」

克己的表情一派輕鬆，但我看得出他試圖掩飾的痕跡，一定有什麼重要的事。我猜，大概和最近的事件有關。反正今天沒約朋友見面，就跟他出去吧。

「話先說在前頭，我可是個大忙人喔。」

「不會耽誤妳太多時間的。」

「要去哪裡？」

「我們去櫻山公園吧。」

「櫻山？」

克己露齒一笑。

「小時候，大人不是常帶我們去那邊玩嗎？走吧走吧。」

嗯，的確去過好多趟。先搭巴士再轉輕軌列車，不到一小時即可抵達鎮上唯一一座遊樂園了。

櫻山。從遠處眺望，猶如天庭的神仙撒下一把沙塵落在凡間堆成的一座沙山。

很久以前，在那個美好的昭和時代，這座山上建了一處遊樂園名為櫻山公園。遊樂園裡較具規模的設施只有旋轉木馬、遊園小火車、輻射飛椅、卡丁車和鬼屋而已，其餘是一些零星設置的遊樂器具。園裡充滿濃濃的昭和懷舊氛圍。如今的櫻山公園十分冷清，很難想像仍能維持繼續營業。

「克己曾經站在那裡的路中央尿褲子喔！」

「又來了。」

兩人一起笑了起來。每回提到櫻山，總要把這件事拿出來講一遍。克己多年來始終否認這段記憶，但我很肯定他根本記得清清楚楚。那時克己一時忍不住尿意在路上就濕了褲子，結果放聲大哭，後來還是我牽著他帶去廁所裡善後的。

這是當年那個溫柔的鄰居大姊姊的回憶。

我們之間像這樣的回憶片段實在太多了，這也是我始終無法把克己當男人看的原因之一。

「搭巴士去嗎？」

「開車去。白銀皮革店的貨車，別嫌棄。」

「嗯，貨車很好呀，實用嘛。」

時鐘指向十點三十八分。準備一下出門到那裡，算算差不多是午餐時間了。以前遊樂園裡有附設餐廳，但現在不賣飲食了。

「午餐呢？」

「半路到便利商店買個飯糰吧。」

「浪費錢。等我一下，馬上就做好了。」

我用現成的食材很快地做了幾個飯糰帶出門。櫻山這個地名的由來，自然是山上的櫻樹。現在的季節無花可賞，只剩下滿樹綠葉，不過站在高處眺望的風景依然使人心曠神怡。

雖不知道他要談什麼事，既然難得上山一趟，總得好好享受帶著盒餐去野餐的樂趣嘛。

爸爸來電通知明天就回來了。我沒料到爸爸那麼快就回來了，總算鬆了口氣；不過，隨即湧上心頭的是對於接下來即將發生什麼狀況的不安。自從在南龍拉麵店找出竊聽器之後，正如克己和北斗所預測的，一時間，花開小路商店街上的店鋪紛紛找上北斗幫忙到自家檢測。

北斗頓時忙得團團轉，以分鐘為單位排定密密麻麻的行程。我估計，今明兩天應該就能完成所有的委託案了。

可是檢測完畢後，接下來該做什麼呢？絕不是找出竊聽器之後，整起事件就此落幕了。

設置竊聽器的那些傢伙，又會採取什麼行動呢？

「不曉得接下來事情會怎麼發展。」

克己開著這輛車身印著白銀皮革店標誌的老貨車，輕輕點頭當作回應。

「嗯。亞彌姊。」

「怎樣？」

「被我們猜中啦！」

「猜中什麼？」

克己轉頭看我，開心地笑了。

「花開小路商店街，委託北斗檢測竊聽器的店鋪總共二十二家。」

「二十二家！這麼多哦？」

那麼，沒有委託的是哪幾家呢？

「跟我們猜的一樣，除了聖伯推測和黑道組織有關的那幾家新開幕的商店以外——」

「難道島津綢布莊也沒委託？」

「沒錯。」

儘管想過也許會是這樣的結果，但是得到證實時還是不敢相信。

「然後呢？」

「然後……走一步算一步囉。」

這是什麼策略！

「我們已經生好火把濃煙搧進洞裡了，接下來就等煙氣散去之後，到底會有什麼鬼東西被熏出洞外！」

瞧克己一副興高采烈的模樣。這小子或許不該繼承家業，當上員警更能讓他大顯身手。

「好吧，反正我相信爸爸，順便也相信你和北斗一定可以處理好這件事的。」

聽我這麼說，看著路駕駛的克己輕輕點頭，微微笑著回了句：

「3Q囉！一切包在我們身上！」

這是當年那個尿褲子後由我幫忙收拾善後的克己。他從讀小學時就說喜歡我，到現在依然從未改口。

我不覺得自己是個多情女，實際上這輩子也只交過一個男朋友，而且那段感情在短期大學時代就結束了。

常聽身邊的朋友說，把喜歡自己的人留著當備胎。

我無法接受那種騎驢找馬的行徑。朋友數落我在情感上未免太潔癖了，而我也反省自己是否太一板一眼了。爸爸說過，從前有個形容詞叫故作天真，也就是某些女人會假裝不諳世事。我不是那種人。

記得那是在我遠赴英國之前的事。我非常明確地告訴克己，謝謝他喜歡我，我也並不討厭他，在一起時真的非常開心，但只當他是青梅竹馬的小男生，暫時還沒辦法把他視為一個成熟的男人。

沒想到，克己笑著說：一點問題也沒有。

他說，我們和過去一樣，依然是在同一條商店街上長大的青梅竹馬，這樣就好了。至少，暫時保持這樣就好。

人心善變，誰能預料自己明天會愛上什麼人呢？

萬一我有了心上人，他保證自己一定很爽快地祝我幸福，但在那之前，他將一直等待著也許哪天我會喜歡上他。聽到這樣的告白，應該沒有女人不高興的吧。

不過，他還特別強調，不希望因為兩人把話說開了而變得尷尬，並且在這種狀態下相隔兩地，所以他還是會像過去一樣跟前跟後地黏著亞彌姊。

因此，我從英國回來以後，仍然和從前一樣逗他玩、拿他尋開心。

如果不這麼做，兩人的生活中都將不再有樂趣。

「對了，聽說辰巳伯的膝關節積水了？」

「是啊。」

辰巳伯是克己的父親，一位作風老派的工匠。

「沒辦法，歲數大了。聽說這毛病無法根治，只能和平共處了。」

「是哦，得多保重哪。」

「還好家裡的生意不靠這兩條腿，老爸自己也說，只要手能動、眼能看就謝天謝地了。」

「有道理。」

其實克己和我一樣是老來子，而且同為長子、長女。父母都不年輕了，我們同樣得為奉養父母之事做打算了。

我很不願意勾勒太過理想性的未來圖景，仍然不禁在心裡忖想，如果能和一起長大的商店街小夥伴留在這裡過日子，該有多好。

在一起發發牢騷、操心未來，努力活出充實的每一天，看著彼此年華老去。

就這樣直到你變成老頭子、我變成老婆子，該有多好。

五月尾聲已近，晴朗的星期天。季節漸漸邁入初夏，濕答答的梅雨季即將到臨。所幸今天是個舒爽的好日子。櫻山附近仍是一畝畝田地，相較於位於車站前方樓房林立的花開小路商店街一帶，空氣的清新程度有很大的差異。

我們把車子停在半山腰那片渾然天成的露天停車場，走進對面的櫻山公園入口。入園免收門票，想玩遊樂設施的遊客在這裡購買搭乘券即可，而且絕大部分的設施都是玩一次一百圓，在這個萬物齊漲的時代可以說相當便宜了。

「好久沒來囉……」

「嗯。」

我們單獨來過這地方嗎？應該沒有。克己和北斗總是形影不離。

兩人沿著環山步道穿過遊樂園，走進林間小徑十分鐘左右，來到了一處四周櫻樹環繞的廣場兼展望台，站在這裡即可俯瞰我們住的地方了。

那裡有座偌小的私營鐵路車站，車站周邊有幾棟大樓以及商店街，緊接著就是住宅區了。住宅區的外圍有幾間工廠，再往外就是一片片旱田和水田了。搭電車越過一座山則可抵達海邊，車程約四十分鐘。

如此典型的鄉間小鎮，想必日本到處可見。

「今天好熱喔。」

「嗯。」

我們在大樹下一張老舊的長木椅上坐著休息。印象中小時候也曾一路爬到這處展望台，可是現在的體力已經不比當年了，好累。

「我去抽根菸。」

「好。」

管理單位貼心地在展望台的底端設置了菸灰筒，克己走過去點了一支菸。我從托特包裡取出帶來的盒餐，擺在鋪於長椅中央的餐巾上，再旋開水壺喝了一口冰麥茶。

「真好喝！」

偶爾來山上野餐，感覺心曠神怡。我出神地望著山下的小鎮，克己抽完菸回到這邊。

「吃飯糰嗎？」

「嗯。」

早上趕著出門，只來得及用現成材料做了乳酪柴魚片以及梅子這兩種口味包餡飯糰。

「想先吃哪一種？」

「那，先給我柴魚的。」

我遞了一顆給克己，他接過去咬下一大口。眼前的情景再熟悉不過了。商店街曾經籌辦過郊遊活動，也舉行過小型運動會，我們都像這樣坐在一起野餐。

「亞彌姊。」

「怎樣？」

「我們這裡雖然是鄉下，但真是個好地方。」

克己說著，指向位於山底下的小鎮，那座屬於我們的小鎮。

「是呀。」

「我以前一天到晚老想著往東京跑。」

「你本來就三天兩頭上東京玩呀！」

「沒錯！」克己笑了。「最近覺得，還是我們這裡好。我可不是抱著留在故鄉養老的心態喔，而是計畫擴大白銀皮革店的規模，有朝一日必將進軍東京的雄心壯志！」

「好，非常好！」

年輕人立下宏願是好事。

「不過，總部還是設在這裡。就在這個小鎮上，生意足夠餬口就好，一直過著這樣的小日子。」

永續發展當然是必要的，事業假如缺乏新陳代謝就會面臨衰退，可是，我同樣希望這個小鎮維持現在這樣就好。或許這是個荒謬的奢望。

克己把剩下的飯糰統統塞進去，鼓鼓的嘴巴不停地嚼動。

「喝茶？」

「唔，謝啦。」

我遞過去，他仰頭灌了一大口。

「對了，亞彌姊。」

「怎麼了？」

「沒想到我們這個小鎮還挺厲害的耶！」

什麼意思？克己指著遙遠的地方。

「翻過那座山，到東京用不上一個鐘頭。現在電車班次不多，所以還不適合在東京工作的人居住，不過以通勤時間來說完全不是問題，如果有特急列車停靠，說不定只要四十分鐘左右就到了。」

「哦，對喔。」

如此一來，人口也會增加。

「還有，那些山。」克己再指向圍繞在這座小鎮周圍的群山。「那裡是日本少數的綠色凝灰岩地帶喔！」

「綠色凝灰岩？」

那是什麼？

「簡單來講，那種地帶很可能是稀有金屬的產區。我們的小鎮聽說擁有那種礦脈的地下資源。」

「是哦？」

稀有金屬。我知道它的意思是比較貴重的金屬。對了，好像聽過很久以前這一帶曾是礦場。

「沒想到你連這個都知道呀？」

克己無奈地笑了。

「我是在聖伯的指示下，和北斗一起查到的。」

「我爸爸的指示？」

為什麼爸爸要他們查這個呢？

「妳忘啦？那個男人啊！馬修集團領導人黃．拉賓。」

就是出現在監視器畫面上那個非常有名的人。

「假如那個男人真的是馬修集團領導人黃．拉賓，那他來到這種鄉下小鎮究竟想做什麼？

聖伯為此做了很多調查，結果找到了一些可能成為他鎖定的標的物，不過目前還無法確定。」

「例如呢？」

克己皺起眉頭說：

「第一個，他似乎也想進軍鐵路運輸業，吃掉日本的私營鐵路公司。」

「私營鐵路？」

難道是唯一行經我們鎮上的那條鐵路？

「他或許打算買下私鐵，擴建車站共構建物，讓自己旗下的百貨公司進駐車站的所有店面。」

「這……」

這野心也太大了吧。

「也就是說，那個馬修集團想要入侵這個小鎮，藉由設立他們主業的百貨公司進行全面性的都市更新嗎？」

這種商業策略倒是不難預測。

「才不是為了都更呢！剛才提到稀有金屬，那個黃．拉賓也把企業版圖拓展到礦場事業了。所以，萬一他真的打算在我們鎮上挖掘稀有金屬……」克己抬起手在空中畫了一個大圓圈。

「……那就一定會把整個鎮夷為平地！換句話說，非把所有的居民統統趕出去不可！」

你．說．什．麼？

15

嗯，好香的紅茶喔──我沉浸在幸福的夢中，不禁笑了起來……忽然間，自己的笑聲傳入耳裡。

於是，我睜開了眼睛。

紅茶香？

我猛然跳下床，連睡衣都沒換就衝出臥室，急急穿過走廊推開通往客廳的隔間門，一股濃濃的紅茶香撲面而來。只見有個人舒適地坐在沙發上蹺著腿，左手托著茶盤、右手端起茶杯。

「爸爸！」

即使聽見我大喊，爸爸依然穩如泰山，嘴角浮現一抹彷彿早已料到我會急得穿著睡衣就衝到客廳的胸有成竹的笑容，端著花朵圖案的茶杯朝我點了頭。

「早。」

「爸爸早安。什麼時候回來的？」

明知問了也是白問，還是問問看。

「在妳睡得又香又甜的時候。」

「我想也是。」

「那當然。」

爸爸微笑著喝了紅茶。我的肚子發出一陣咕嚕聲，紅茶的香氣喚醒了食欲。

「新紅茶？」

沒聞過的香氣。

「對。葛蘭送的。」

這是什麼香氣呢？不是甜香，該怎麼形容呢，像是深秋時節的歐洲那種枯寂的澀味。這麼說，爸爸真的去了一趟英國囉？也或許只是一種偽裝。哎，滿腦子疑神疑鬼也幫不上忙。

抬眼望向牆上的布穀鳥鐘。早晨六點五十九分。正是我平常起床的時刻。想必爸爸沏紅茶前已經算準了時間，用紅茶香來叫醒我。

「我該做早飯了。」

「也好。」

下廚前，得先去把鬧鐘按掉才行。

「金窩銀窩都比不上自家的老窩好。」

「就是說嘛。」

我和往常一樣煎了雙面全熟荷包蛋用來搭配吐司麵包，附上無花果果醬。接著煎幾條爸爸買回來的香草熱狗，也從冰箱裡拿出昨晚做的馬鈴薯沙拉。早餐飲品我喝的是牛奶加咖啡的拿鐵咖啡，爸爸則是紅茶摻牛奶的奶茶。

「上了年紀以後，還是自己家裡舒服。」

「嗯。」

既然爸爸有這樣的感想——

「以後別再悶不吭聲出遠門了，我好擔心。」

爸爸微笑著點頭答應了。

「想問爸爸的事多得不知從何問起。」

「怎麼，不是都從『寇基』和『貝豆』那裡逼問出來了嗎？」

他們果然全都報告了。爸爸不在家的這段期間，想必和那兩人保持比我更為密切的聯繫。

「問是問了，請先解釋一下那幅畫。」

到底為什麼要掛上那幅畫呢？我已經知道那是為了後續執行尋找竊聽器的計畫，問題是為何非得「掛畫」不可。克己和北斗也完全摸不著頭緒。

「那幅畫是爸爸以前偷來的，然後也是爸爸掛在南龍拉麵店的吧？」

「對此問題，我不予正面承認。首先，必須訂正一點。」

「哪一點？」

「那幅畫的合法持有人是我。妳取得的資訊有誤。即便今日倫敦的蘇格蘭警場發現了那幅畫，也無法以盜竊該畫的嫌疑逮捕我。」

「真的哦？」

爸爸非常篤定地點了頭。好吧，既然爸爸這麼說，絕對假不了。我擔心的事又少了一件。

「那麼，暫且當成掛畫的人是我好了，有什麼問題嗎？」

爸爸的語氣很輕鬆，彷彿只是隨口問問今天午餐要吃什麼。

「沒問題了。」

是的，沒有任何問題。

南龍拉麵店的雅子太太和丈夫秋山老闆都不介意。我其實不太懂他們為什麼不介意。

「他們似乎很喜歡那幅畫，都說就讓它留在牆上無所謂。」

雖然心裡有點疙瘩不曉得掛畫的人是誰，但他們決定讓畫繼續掛在牆上，等到以後有問題再處理。

「聽說自從有了那幅畫之後，家裡聊的話題變多了，工作的疲憊一掃而空，好處簡直說不完。」

爸爸臉上的表情寫著理當如此，緩緩地點了頭。

「這就是真正的藝術。觀賞者看第一眼就深受吸引，並且得到內心的平靜。這才是藝術應有的本質。當然，某些藝術作品具有不同的方向性，然而在打動人心這一點上面，並無相異之處。」

「有道理。」

話是沒錯，可是——

「掛畫的理由究竟是什麼？」

爸爸享用了一大口吐司麵包，接著說道：

「在餐桌上交談愉快雖是好事，但妳凡事打破砂鍋問到底，這可不大好。」

「怎能忍住不問呢？」

我雖不願意捲入這些紛紛擾擾之中，可是完全置身在狀況外實在令人氣惱。畢竟這事與我們的商店街休戚相關呀！

「遲早會知道的。」

「遲早……要等到什麼時候？」

「等到真相大白之際，這一切應當全部結束了。」

爸爸說了一段諱莫如深的話，露齒而笑。

可以想見在爸爸的，噢不，而是Last Gentleman-Thief "SAINT"的腦海裡，已經勾勒出所有的情景了。他在心裡描繪著完美的最後一幕，一步一步分毫不差地付諸實行。

那正是「SAINT」的一貫作風。

「妳還記得利特爾漢普頓嗎？」

爸爸突然改變談話的方向，言下之意是剛才那個話題只談到這裡，不再對我透露更多訊息了。可是，怎麼會突然提起利特爾漢普頓呢？

「當然記得呀！」

我赴英留學時造訪過一次。從倫敦一路南下，最終抵達一個小小的海濱小鎮。位於西薩塞克斯郡的利特爾漢普頓。

據說那裡是爸爸和媽媽相識的地方，有許多回憶。那是個寧靜的美麗小鎮，只是沒什麼特別的景點可供旅人駐足賞覽。

不過，那一片海真是美極了。海水浴場的漂亮沙灘，一列列可愛的小房子，印象中我在那裡拍了好多照片。

我敘述了這些記憶片段，爸爸很高興地點頭，以紙巾輕輕擦拭了沾在鬍子上的果醬。

「我應該沒告訴過妳，在那裡有一棟房子吧？」

「一棟房子？」

我不知道。第一次聽到這件事。

「是爸爸的房子嗎？」

「是。在我即將離開英國的時候買下的。這些年來一直租給人。」

「原來那裡還有房子哦。」

這麼說，那棟房子買了快四十年。媽媽從來不曾提過這件事。這位父親大人真的藏了好多好多祕密。沒辦法，畢竟是雅賊嘛。

「巧合的是，那棟房子的租約即將在今年夏天到期，而承租人表示不再續約了。」

「是哦……」

「時機正好，我打算不再出租了。」

「不出租，那房子怎麼辦呢？」

房屋不住人就沒人打掃，塵垢的堆積使得屋子容易壞。爸爸啜了一口奶茶，輕輕點頭。

「我覺得住在那裡也不錯。」

「住在那裡……」

爸爸的意思是要搬回英國嗎？見我眼睛瞪大了些，爸爸微笑說道：

「我的家在這裡，日本。這地方是我唯一的歸宿。」

「可是……？」

爸爸直視著我。這是爸爸要談嚴肅話題時的眼神。我不由得坐直了，專注聆聽。

「我先說些事，好讓妳有個心理準備。」

「明白了。」

「亞彌。」

「爸爸請說。」

「或許隨著事態的進展，我將不得不離開這座小鎮，搬去利特爾漢普頓的房子。應該說，我幾乎可以斷定必然會演變到那樣的地步。到時候，妳必須同行。為了妳的人身安全，非得與我一同前往不可。」

人身安全……。

「這是為了守護我們摯愛的這條花開小路商店街。我不會請求妳的諒解，先有此覺悟與預作準備就是了。當然……」爸爸緩慢地將右手掌翻轉朝上。「我絕不會做出趁夜潛逃那種不體面的事。我們當然要將一切安排妥當，不給任何人添麻煩。」

千言萬語，不知從何說起。我險些向前倒下，好不容易才撐住身子。努力撐了好一會兒，等到心情平復下來之後才開口：

「呃……爸爸剛才說過，那棟房子的租約恰巧將在夏天到期。」

「唔。」

「這麼說，爸爸認為大概到夏天的時候，會演變成那樣的事態？」

「唔。」

「是那個馬修集團造成的嗎？因為爸爸挺身對抗他們野心勃勃的掠奪，才會導致事態發展到那種地步？」

爸爸慢慢豎起右食指，抵在嘴脣的中央。

「亞彌。」

「是。」

「從今以後，不許在說出那個名稱。即便在家裡也一樣。除非是在外面和商店街的人閒聊時提到，那倒無所謂。比方和鄰居聊起從新聞節目上聽到海外企業的相關報導。」

爸爸的言下之意是？……

「難道我們家也被竊聽了？」

「不可能。我從數十年前就一直定期檢查這間屋子了。」

「真的哦。」

沒想到爸爸會這麼做。想想也是，爸爸終究仍在逃亡當中，這些事對他來說已是司空見慣了。

「不過，對方畢竟是事業版圖遍布全球的頂尖企業。為了生存下去，企業不惜思考與使用一切手段。換言之，就某個角度來看，頂尖企業也具有成為頂尖犯罪集團的可能性與實力。而他們的實力……」說到這裡，爸爸緩緩地伸手指著自己。「足以與這個實力堪稱天下第一的 Last Gentleman-Thief 激烈纏鬥，二者勢均力敵。當然，從人力、物力而言，對方遠遠凌駕於上。因此，千萬不可掉以輕心。」

我嚥了一口唾沫。第一次看到爸爸如此嚴肅地向我談起與自己的雅賊身分有關的事情。

可以想見，目前正在暗地裡醞釀的大事有多麼嚴重。不久前，在櫻山公園聽克己描述那些事時，其規模之大實在令人難以想像。

「知道了，我會小心的。」

爸爸聽我這麼說，開心地笑了。

「別緊張，平常不必多想，和往常一樣過日子就好。」

「爸爸，我問您。」

「什麼事？」

「要離開鎮上的人，只有我和爸爸而已嗎？」

我很在意這一點。

「克己和北斗不會有事嗎？」

爸爸非得離開這裡不可，身為女兒的我也會受到波及，勢必隨同前往。如此一來，剩下的就是……。

「幫忙爸爸的那兩個呢？」

他們該何去何從呢？爸爸斂起笑意，開口說道：

「亞彌，我說過很多次了……」

「爸爸請說。」

「我的工作永遠是perfect的。絕對不會讓那兩人的未來有毫髮之傷。他們照舊在這裡做生意，守護這花開小路商店街。」

我很想追問一句：那麼我的未來又將如何呢？卻終究沒有問出口。

16

我是在那天下午兩點發現的。

我的個性不算是大而化之，也不至於鑽牛角尖。即將被迫離開自己出生的房屋、成長的城鎮，的確令人無奈又痛心，但既然還不到最後的關頭，多想也無益。

爸爸又出門了，臨走前交代過不必為他準備午餐。我在家裡隨便打發一頓，盤算著先去游

泳再買菜回來做晚飯，離開了家門。

我維持身材的方法靠的是游泳。不過，並不是上健身俱樂部的高級泳池，而是騎腳踏車到距離五分鐘的市民運動中心的大眾泳池，經濟實惠，入場費只要區區兩百圓，各項設施一應俱全。

最快的路線是從商店街一丁目轉到仲街即可抵達。我沿著商店街飛快地踩著踏板，一路通行無阻。這種時候，來往行人寥寥無幾反倒成了一大優點。

因此，我今天也打算按照老路線騎去運動中心。

「咦？」

轉角的那家大店鋪。正確來說，是以前那家大店鋪關門後留下來的空店面。

木下家具行是幾年前結束營業的呢？大概是兩年前吧。沒有人知道木下家的去向。聽說搬到木下太太娘家那裡了。

木下家具行在這條商店街上的占地面積堪稱首屈一指。自從他們離開後，原本的店面只剩一扇始終緊閉的鐵捲門，看來格外寂寥，所幸附近大學的美術社員在上面做了彩繪。然而這一天，這扇鐵捲門上升了一些，高度僅容一人彎身入內。店裡還亮著照明。

「是不是有新的商店搬進去呢？」

我跨在腳踏車上，朝那邊看了一下，忽然有人從後面拍肩。緊接著，拍肩的那隻手竟然順勢往下滑，落在腰際又拍了兩下。

這個觸感有點熟悉。

「我說亞彌，看那兒嗎？」

大事不妙！

從背後冒出來的是島津綢布莊的島津泰次郎。糟糕，現在的姿勢是跨在腳踏車上，根本沒辦法躲避這個色老頭，只能任由他亂摸一通。況且，他已經開口搭話，身為晚輩總不能一腳踩下踏板逃之夭夭，未免有失禮儀。

「噢，午安您好！」

我努力擠出一個親切的笑容，趕緊從另一側下了車。如此一來，至少有這輛腳踏車隔在島津泰次郎和我之間。假如他還想欺過來請儘管靠在車身上，我會牽得穩穩的。

與往常一樣身穿和服、腳趿草屐的泰次郎老伯即使見狀也不肯離開，反而伸手揪住我的腳踏車還將全身的重量倚在上面，我也跟著挪了挪，微蹲馬步撐著車身。

萬一這時一不留神讓這位老伯連同腳踏車摔倒在地，他肯定要嚷嚷著腳痛啦走不動啦快背老夫回店裡啦，藉機把我這黃花大閨女的全身上下摸個遍。泰次郎老伯，絕不容你輕易得逞！

「究竟何人租下，老夫毫不知情。」

「喔，這樣呀。」

自從聽了克己及北斗的推論之後，泰次郎老伯在我心中已經成為惡人的化身。其實，他那張橫眉豎目的面孔，本來就像極了歷史劇裡的貪官汙吏。

居然有人膽敢不先拜訪商店街老鋪的島津綢布莊便逕行租下此處？倘若是由負責這一帶的房屋仲介業者經手的案子，一定會提醒房客最好先去島津綢布莊問候一聲較為妥當。

「您也不知道這家店是做什麼生意的嗎？」

「唔。」

看來，這位老伯真的完全不知情。不行，再這樣聊下去，說不定他會突然嚷起這裡痛那裡疼，要我扶他回去。就算向前後左右的店家求助，一見到是泰次郎老伯，肯定沒有人願意幫我的。

這下子只能自立自強了。既然他也不曉得搬進這裡的人是什麼來歷，非得利用這個再好不過的機會，只要惹他動怒就大功告成了！

「真沒禮貌！新開幕就和搬新家一樣，怎麼可以不登門問候呢！」

「說得對極啦！這年頭的年輕人根本不懂應有的禮儀！」

「話說回來，時代不同了，這也是沒辦法的事。」

「沒辦法？豈有此理！論起做生意呢，首重地利與人和，接下來才是各憑本事哩！」

他愈說愈激動，鬆開了原本緊抓著腳踏車的手高高揚起。就是現在！

「啊，不好意思，我和人約好了，快遲到了……」

我不由分說，使出全力把腳踏車往前一推，跳上去死命踩動踏板。

「那麼，請恕失陪了！」

那個老頭沒跌倒吧？很好，那就沒事了。我一邊踩踏板一邊思索。有人進駐這條商店街上空了許久的最大店面固然是好事，可是沒先和島津家打聲招呼未免太奇怪了。

「游完泳，去問問北斗吧。」

我相信他一定掌握這件情報了。

鑽入位於二丁目南側的松宮電子堂店面旁的小徑，走進白鐵皮覆頂、從不關上的後門。看起來猶如 Cyberpunk 世界中專門收破銅爛鐵的地方，門裡堆滿各種機器零件和其他用途不明的玩意，套著圍裙的北斗正在埋首作業。

從泳池上來後把頭髮吹乾了才騎上腳踏車來到這裡，一提起木下家具行的名稱，北斗立刻點頭回答：

「關於那家店呢……我也不知道耶。」

「真的？」

北斗不是很厲害的駭客嗎？

「我總不能毫無理由就隨意入侵別人的電腦吧，畢竟是犯罪行為。」

「這話的確有道理。」

「我只知道木下家具行那塊地目前是由治豐鎮的大垣房屋仲介代為管理的。」我沒聽過那家房仲。治豐鎮距離這裡車程大約半小時，與我們鎮相鄰。

「聽說差不多半年前，木下先生賣掉那塊地了。」

「是哦。」

「這些資訊只要打聽一下就知道了，可是更進一步的情報，譬如目前的土地持有人是誰，暫時無法得知。」

「去申請地籍謄本不就曉得了？」

「話是沒錯。」北斗臉色一沉。「問題是我們家開的不是偵探社或徵信社，專程去申請那種資料反而引人注意。聖伯交代我們盡量保持低調，非不得已才會駭進政府機關的資料庫，風險太高了。」

嗯，有道理，謹慎行事為上。目前我們絕對不能被潛在敵人，或者說是商業對手的馬修集團掌握動態。

「不過呢……」

「嗯？」

「請看看這個。」

電腦就擺在工作桌上。北斗迅速點了幾下滑鼠，螢幕上立刻出現我已十分熟悉的監視器畫面。

攝像角度對準了木下家具行門口。

「這是昨天晚上的影片，錄到有人來到那家店的門前。店門口上方剛好有一盞路燈，照得很清楚。」

「嗯，真的很清楚。」

雖然只有黑白畫面，如果是認識的人一下子就認出來了。不過，畫面上的卻是完完全全的陌生人，而且居然是外國人？

「看起來像外國人吧？」

「應該是。」

那個人體格相當健壯，雖無法辨識年齡，但不是年輕人，比較接近中年人。另外還有三個人進進出出的，不過無法肯定是否全是外國人，從其敏捷的動作判斷，可能是年輕人。

「見過嗎？」

「完全沒印象。」

畫面右下角駛來一輛卡車，是一輛噸數相當大的載運卡車，一群男人從貨艙裡卸貨。

「有些貨體積挺大的。」

「是啊，有小的也有大的。而且都捆得十分扎實，絕大多數都放在木箱裡。」

「真的耶。」

北斗又按了一次滑鼠，畫面消失了。

「卡車總共來了三趟，目前掌握到的資訊就是這些了。卡車是租用的，只要駭進汽車租賃公司的資料庫就能知道租車人是誰了。」

「但是現階段不能輕舉妄動，對吧？」

「對。」

「隔壁的都屋沒說什麼嗎？」

「嗯。」北斗點點頭。「沒人向都屋打招呼。只搬貨進去，聽得到店裡有動靜，但似乎沒有進行改裝工程。」

「好詭異。」

「就是說啊。」

不曉得是怎麼回事。

「我猜，大概是馬修集團吧。」

「不無可能。但若是馬修集團的新店開幕，應該大肆宣傳吧？一家正派經營的企業，開店沒必要遮遮掩掩的。」

「也對。」

「他們沒道理做出傷害自家信譽的事。總之，目前我們只能像這樣繼續監控了。反正人員進進出出的，遲早可以找到線索吧。」

事情似乎愈來愈複雜了。

「對了，竊聽器的事，後來怎麼樣了？還有那個疑似外遇事件，有後續消息嗎？」

「關於那兩件事……」北斗做了拉鍊封口的動作。「我不能說。」

不說就算了！

「那，我去問克己。」

「問我？」

嚇死人了！冷不防從背後傳來一聽就知道是克己的聲音。回頭一看，只見他嘻皮笑臉地站在那堆破銅爛鐵的中間。

「溜班？」

「看到亞彌姊在這裡才過來的。」

「怎麼知道我在這裡的？」

話一問出口我就後悔了。這兩個人，尤其是北斗精通電腦，而克己在這方面的功力也不馬虎。

「透過電腦偷聽我們的對話嗎？」

「我才不會做偷聽那種不入流的事哩！店裡還有我老爸在，怎麼可能連線偷聽呢？」

「那是怎麼知道的？」

克己指著電腦。

「這上面不是有鏡頭嗎？只要點一下滑鼠，亞彌姊的身影就會出現在我的電腦螢幕上囉。」

原來這麼簡單。不費吹灰之力。

「所以咧？要問我什麼？」

「願意告訴我嗎？」
「看情形。」
「疑似外遇事件的後續發展。」
我開門見山地問了。克己點了頭，看了看手錶。
「時間差不多了。」
說完，克己看向北斗。北斗也點點頭。
「應該是。」
「快說，別神祕兮兮的！」
「亞彌姊每次時間都掐得正好。」
什麼意思？我向來覺得自己沒什麼小運氣。
「騎腳踏車來的吧？我載妳。」
「去哪裡？」

結果我們來到距離花開小路商店街約莫兩公里遠的朝日鎮住宅區。雖說就在附近，但平時沒什麼理由造訪，可以說是第一次來，只知道大概位在這個方向。

克己把腳踏車停在一條小小的坡道上。

「嘿，猜中啦！」

「猜中什麼？」

克己朝前方揚了揚下巴，坐在腳踏車後座的我探出頭來，循著那個方向看過去。

那不是——

「巡邏車？」

人就是這樣，即使沒做壞事，一看到巡邏車或員警還是難免心跳加速。除非遇到的是相熟的員警，比如花開小路派出所的三太警官和角倉警官，倒是另當別論。

警方的巡邏車停在一棟小公寓的門前。

為什麼會有巡邏車呢？

「那裡該不會就是……？」

「就是那裡沒錯！」克己壓低了嗓門回答，「疑似和南龍的老闆發生外遇的女公關明美，就住在那棟公寓。」

「真的假的？」

「真的啊！」

克己要我下車，免得兩個人騎在腳踏車上直盯著看會引人關切，接著他自己也跳下來牽車掉頭，朝來時路邁開步伐慢慢走。

「巡邏車來這裡的原因是那個明美的屋子遭小偷了。這時候大概鑑識科也來了，正忙著採指紋蒐證吧。」

大白天的，遭小偷？

「難道是……？」

克己咧嘴一笑。

「別拆穿嘛。」

「接下來會怎麼樣呢？」

「我也不確定啊。不過，」克己接著說，「假如明美只是一般的女公關，之所以和南龍的老闆交往只是喜歡上他了，那麼應該不會發生任何變化。」

「啊！」

萬一事情並非如此單純……。

「也許明美就這樣消失了。因為被偷走的東西裡面，應該有很多不能外洩的祕密。」

「這麼說……」

「厲害！」克己用力點了頭。「佐東藥局的老闆娘常去的牛郎俱樂部的男公關家、大學前書店的美波交往的那個年長的有婦之夫家，也許同樣遭小偷啦！」

17

今年的梅雨季沒等到雨，進入六月以後也沒有潮濕的感覺。這樣的天氣當然十分舒爽，可是該降雨時沒有雨，對農作物的影響極大，而我們這些市井小民隨即遭殃。

蔬菜價格一飆漲，家計支出首當其衝受害。當然，餐飲店和蔬果鋪這些相關行業同樣受到波及。

這段日子以來，一切如同往常。自從發生那件事之後，我們的日常生活並沒有什麼變化，爸爸仍是逍遙度日。

所謂那件事，是指女公關明美小姐的屋子遭了小偷。噢不，我修正剛才的話，事情發生的當下感到不知所措的人只有我，爸爸還是和從前一樣悠然自在。

怎麼覺得只有我一個人表面上強自鎮定、其實無時無刻都豎起天線偵測接下來會演變成什麼狀況？到底會發生什麼事呢？真是的，我又不是鬼太郎④！

任憑我質問北斗、逼問克己，甚至詢問爸爸，三人卻僅僅面帶微笑，側著頭回答一句「不好說」而已。克己和北斗仍舊和以往一樣認真打理店務，而爸爸也同樣每天專注於製作模型的生計上。

我不是心存偏見，但實在不懂為什麼那些黃銅打造的汽車、戰車、飛機、火車等等模型的價值，居然價值幾十萬圓，有時甚至以高達數百萬圓的價格售出。話說回來，材料費並不便宜，製作過程也相當費神，這樣算下來或許賺的不如想像中那麼多。

花開小路商店街依然如常，並沒有感覺到黑影幢幢。顧客還是一樣少，繼續營業的店家仍然提心吊膽地過著捉襟見肘的生活。

這個月又有一家店歇業了——室谷印材行。乏人光顧也是因素之一，最主要的理由是年邁的室谷先生已經沒力氣繼續做生意了。聽說室谷先生和太太告訴鄰居，「我們要搬去兒子家了」。

④日本漫畫家水木茂（一九二二～二〇一五）代表作《鬼太郎》的主人公。幽靈族的後裔，擁有強大的靈力和超能力，富有正義感，帶領一群夥伴共同維護妖怪與人類世界之間的和平。

「對他們來說，那才是幸福。」

「是哦？」

六月走向尾聲的一個星期天。

窗外下著淅瀝淅瀝的小雨。爸爸似乎覺得在這樣的日子裡敞開窗喝紅茶很舒服，於是開著通往陽台的窗子，沏上一壺紅茶，在沙發落了座。

沒有風，也沒有飄進來的雨絲，只有帶著濕氣的雨味緩緩地流入屋裡，混合在紅茶的香氣之中。我想，在爸爸生長的英國，日復一日呼吸的都是這樣的空氣。不是濕答答的，而是對肌膚具有潤澤度的空氣。

「在父母心中，能和孩子們同住屋簷下再高興不過了。」

「也許是這樣吧。」

「妳還年輕，大概沒法體會為人父母的心情。」爸爸解釋，與兒女住在一起，以及受兒女的奉養，完全是兩回事。「室谷夫妻身體還相當硬朗，年金也足夠兩個人過日子，因此他們並不是去兒子家叨擾，而是團團圓圓度過每一天。那才是一家人天經地義的樣貌。」

聽爸爸這麼一說，我腦海裡也浮現一幅景象——在英國，家家戶戶似乎都有老爺爺和老奶奶。雖然不曉得現狀如何，但在電影裡總會出現這樣的場景。

「我深愛日本這個國家，也能理解現代的便利性有其好處，無意堅持樣樣都是老東西好。然而，就家庭生活方式而言，還是覺得以前那樣才有人情味。」

爸爸又接著說，若是三代甚至四代同堂，住在這樣的家庭裡對於人格養成絕對有正向作用。

「嗯，在那方面應該有幫助吧。」

「話說回來，我沒能給妳一個那樣的家庭。」

露出苦笑的爸爸望向他親手擺上媽媽相片的那個架子。沒辦法，人算不如天算，凡事無法盡如人意。

爸爸擱下茶杯，取起菸斗，填入菸絲，擦火柴點火。

「亞彌，聽我說……」

「什麼事？」

「差不多該慢慢準備了。」

「慢慢準備？」

爸爸啣著菸斗，在飄散的菸氣中緩緩地點了頭。

「為了我們不得不前往英國而預作準備。」

「啊！」

英國西薩塞克斯郡的利特爾漢普頓。當某一個時刻來臨，我們必須暫時藏身在那個充滿爸爸和媽媽相識回憶的小鎮。

爸爸又一次點了頭。

「如果可以不必離開這個小鎮，當然再好不過了。我一直努力不讓狀況惡化到這個地步，但目前看來恐怕並不容易。」

可是，這樣一來家教班就得停課了。

「大約離開多久呢？」

「不好估計，先做好心理準備，至少要在那裡待上半年吧。」

居然長達半年！

「萬一那個時刻真的來臨，妳畢竟是家教班的負責人，最好先告知學生家長至少要離開半年比較恰當。」

「至少……意思是半年過後有可能延長嗎？」

「不能說沒有。」

停課那麼長的時間，我該用什麼理由才好呢？剛想到這裡，爸爸彷彿看穿了我的心思，接著說道：

「不必擔心該用什麼理由。」

「為什麼？」

「到時候大家一定可以體諒我的健康狀況不好，要回英國休養一段日子。」

「什麼？」

我一點也聽不懂。

「爸爸的意思是，要讓大家都知道您的身體欠安嗎？」

「恐怕需要這麼做。別擔心，我絕不會做出有害自身健康的舉動，只是演技罷了。」

我愈聽愈糊塗了。

「欺騙大家，我心裡也過意不去，不過還是用我這個老人家生病當作藉口，最不會啟人疑竇。」

「話是沒錯。」

這或許是家教班長期停課的最佳理由了。

「只要妳面帶愁容說病情不樂觀，大家應該不會再多問吧。妳接著表示，我生病後變得虛弱，要求回到故鄉住上一陣子，大概會在英國待半年，這樣就行了。」

我真不願意。

即使是謊言，我也不願意說是爸爸病危，況且大家也會擔心，真希望能找到其他藉口。可是，這的確是最能讓大家接受的理由。

「不妨再補上一句，萬一病情急轉直下，會回到這裡嚥下最後一口氣的。如此一來，熟識的鄰居必定深信不疑。」

真能成功嗎？

「沒有更好的理由了嗎？」

「我想過很多藉口了，但要帶著妳一起前往英國，沒有比這個更恰當的了。」

對喔，這是關鍵！我只能在心裡向大家不停磕頭謝罪了。

「什麼時候告訴大家比較好？」

爸爸點了頭，說道：

「臨出發前才講不大妥當。最好在日常談話中不露痕跡地提起我的狀況變差了，屆時大家就明白了。」

我垂頭喪氣。上回爸爸囑咐時，我自認做了心理準備，然而到了必須面對的時刻，心情仍是格外沉重。

我並非不樂意和爸爸一起住在英國。英國也是我深愛的國家，在那裡的生活應該同樣充滿樂趣。

問題是我必須向大家說謊，離開這個小鎮。換個角度想，雖然一直住在鎮上，但也曾經去英國留學將近一年，沒必要把這件事看得那麼嚴重。

真正的問題在於萬一情況持續惡化，將導致我們遲遲無法回到這裡。

「會不會有人起疑呢？」

「唔？」

「我是說，會不會有人懷疑我們怎麼會突然去英國了。因為爸爸不久前才在大家面前拍胸脯保證，自己一定會盡力守護這條花開小路商店街。結果話才說完，卻和我同時離開了這座城鎮，應該有人覺得奇怪的吧？」

明知道這是無謂的擔憂，還是忍不住用提問的方式抱怨了。只見爸爸笑了起來。

「無須多慮，即便有人感到蹊蹺，『寇基』和『貝豆』也會幫忙安撫那些人，不會讓任何人起疑的。」

「就憑那兩個？」

爸爸的笑容十分無奈。

「只因為妳是大姊姊，從小看著那兩人長大，總把他們當孩子看待。他們的能力遠遠超乎妳的想像之上。」

「是嗎？」

或許是吧。

「我是不曉得他們能力到什麼程度，問題是那兩個可是大忙人哦。」

我半開玩笑地說。爸爸一聽，隨即沉下臉色。

「亞彌，這同樣是妳的認知偏差。」

「嗯？」

為什麼？

「妳以為我請他們協助時，不惜犧牲他們各自寶貴的生活嗎？」

「不是嗎？」

「抱歉，Last Gentleman-Thief 既非那般無能，他們也不是聽命於我的手下，而是住在同一座城鎮裡的珍貴友人。況且，『寇基』傾心於妳，或許有朝一日會成為我的女婿。」

「爸！」

爸爸笑中帶著幾分促狹。

「『寇基』長得高體格又好，穿上晨禮服，站在身穿新娘禮服的妳旁邊，任誰看都是一雙璧人。」

我整張臉倏然漲得通紅。

「真希望你們在教會裡舉行婚禮。可惜妳不是基督教徒。」

糟糕，我居然想像那幕場景了……真要命。

「爸爸！」

「先把那件事擱到一邊吧。」

爸爸還是滿面笑容。真是的，我的面頰，快鎮定下來，別再發燙啦。

「總之，妳別以為只有他們兩人到處奔波。」

「是哦？」

「那當然！」爸爸自傲地點了頭。「話說到這裡為止。妳完全不知道我身為Last Gentleman-Thief的真面貌，我絕不會只仰賴他們兩人。儘管放心。」

這樣嗎？那麼到底是什麼人聽從爸爸的命令行事呢？我很想問，但沒問出口。就算問了，想必爸爸只會回答現在不能講；即使爸爸一五一十詳細敘述，恐怕我也聽得一知半解吧。

可是……。

「爸爸。」

「還有什麼想問的？」

「這個問題或許爸爸同樣不會正面回答，但我還是要問喔。」

馬修集團這個國際性的大企業，不知道出於何種原因，但幾乎可以斷定確實要奪取我們這條花開小路商店街、我們這座城鎮了。從這段日子以來發生的種種事情，我已經可以理解這一點了。而爸爸和克己、北斗正是為了阻止他們才採取行動。

「可是，我不懂的是，他們為什麼不光明正大地推行計畫，非要躲在背後偷偷摸摸的呢？」

我認為收購是商業上的正當行為。只要能在體諒對方，並且是對等立場的基礎上進行。所以——

「為什麼要那樣偷偷摸摸的呢？」

如此不堪一擊的商店街。不，當真不堪一擊就糟了。

「雖然不願意看到這種情況，但是假如他們願意支付搬遷費，或者給予一筆適當的金額，大家應該會接受而離開這裡吧？馬修集團為什麼不這麼做呢？到現在完全沒聽說他們曾經透過這種方式和任何店家接觸。」

是的。儘管隱約感覺到某一樁驚天動地的陰謀正在暗中進行，卻沒有一絲真實感。

即使聽到爸爸說我們不得不前往英國，也只覺得未來有這麼一件事，到目前為止還無法真真切切地感受到事態的嚴重性。

這或許是商店街此時的氣氛使然。假如隨處都可聽到諸如「收購」、「搬遷費」之類的詞彙，想必心情格外沉重；然而現在從商店街的店家口中說出的，仍舊是那幾句「景氣蕭條」、「賺不到錢」、「我看這家店也該收嘍」等等已經聽了好些年的老掉牙台詞。

爸爸啣著菸斗，閉上眼睛，略微俯面，沉思半晌。

「亞彌。」

「是。」

爸爸抬起頭，看著我。

「妳想知道，為什麼馬修集團不正大光明地推行計畫，而是在背地裡做各種小動作，是吧？」

「嗯。」

「稍微想一想，就能得到答案了。」

「是哦？」

「當妳想出這個答案之後，想必會隨即面臨另一個更大的疑問。屆時，我們再詳談吧。」

18

一點頭緒也沒有。

還是想不透馬修集團為何要做偷雞摸狗的勾當。

上網查了一下，看起來是一家正派經營的企業。雖然官網只有英文版，但我畢竟是開英文家教班的人，讀起來毫無困難。

集團領導人黃·拉賓先生似乎出生於香港。起初是祖父開了超市，父親接續經營之後再交由他繼承，並在他手中擴大營運規模，如今從百貨公司到高爾夫球場、動物園、機場，乃至於打造時尚品牌，已經躍升為囊括不同行業的大型企業了。

「原來規模這麼大哦！」

最初由根據地香港出發，其世界版圖陸續拓展至韓國、中國、印度、夏威夷、美國本土以及加拿大，從一家超市搖身成為頂尖的跨國企業。仔細端詳官網上的相片，這位黃先生不僅體格好，而且風度翩翩。問題是……。

「為什麼呢？」

馬修集團遲遲沒有登陸日本市場。這就是我從沒聽過這家企業的原因。雖然曾經耳聞夏威夷那間名氣響亮的ＫＳＳ商場，卻根本不知道它隸屬於馬修集團。

「到底打算做什麼呢？」

再怎麼想不通，也總不能從早到晚滿腦子只想著這件事。況且也拉不下臉去拷問克己和北斗，真懊惱自己的不爭氣。

我可是他們的大姊姊耶！

從懂事以後，我一直是領著克己和北斗這兩個小蘿蔔頭往前走的大姊姊，可是最近每每發生狀況時，卻只能待在他們背後，有時甚至像是揪著克己的衣角任由他帶路似的。

唔……我模仿爸爸長長地嘆了一聲。無奈的是，嘆了長氣也於事無補。

「這也是沒辦法的事。」

男生會漸漸茁壯成為男人。我們女孩也會長成女人，可是在成了女人以後，又會出現什麼樣的變化呢？

午後，雨勢轉小，只剩毛毛雨了。我抓緊時機，套上喜愛的海軍藍綴紅線條的雨衣和雨帽，出門買東西去。

得去買小朋友們的甜甜圈才行。

正準備過紅綠燈，恰巧與在派出所裡的三太警官對視上了。我微微點頭問候，只見在他身邊的角倉警官頻頻招手要我過去。咦，有事找我嗎？我點頭表示明白了，推開了闔上擋雨的派出所大門。

「午安——」

推門而入，一股甜甜的香氣立刻打動了這顆少女心。

「哇！」

我不禁喊了一聲。偌大的年輪蛋糕端坐在派出所的事務桌上。這幅景象十分不協調。這年頭的人什麼東西都能掉。

「看起來很好吃吧？」

角倉警官摸著光潔的頭頂，笑咪咪地問道。

「剛出爐的喔！」

三太警官也點著頭補充。

「哪裡來的蛋糕呢？」

「哎，無孝街口最近不是新開了一家蛋糕店嗎？」

「咦？那裡開了蛋糕店？」

糟糕，我竟然不知道如此重要的情報！好一陣子沒有經過那邊了。

「老闆是角倉警官的親戚喔。」

「真的呀？」

角倉警官連連點頭。

「方才巡邏順道經過那裡，說是正在試做，讓我把剛烤好的蛋糕帶回來吃。可是我們兩個根本吃不完那麼大一個，妳來得正好！」

正所謂來得早不如來得巧。

「矢車小姐，平常不是常給家教班的小朋友們吃甜甜圈嗎？今天換成吃這個，如何？」

三太警官的建議雖好，很遺憾，爸爸堅持只給孩子們吃甜甜圈。

「我正要去買。」

「那麼，小朋友們光吃一個甜甜圈想必意猶未盡，今天再多吃一片蛋糕吧？」

「喔，太好了！」

說著，角倉警官進了裡面的房間，拿著一把小廚刀走出來，接著俐落地切開了年輪蛋糕。

我有點訝異。從他熟練的用刀手法看來，應該是個常下廚的人。

三太警官察覺我露出了欽佩的表情，說道：

「角倉警官的廚藝相當了不得喔！妳不曉得吧？」

「真的喔，今天才知道！」

角倉警官來到這個派出所已有二十年了，這是我第一次聽說。平時見了面總會聊幾句，可是從沒深入聊到私事。角倉警官和三太警官在這裡時都在值勤中，不方便聊太久。

「鰥夫當久了，自然而然就會了。」

角倉警官略顯難為情地答道。原來他夫人過世了，我從不知道這件事。

「在角倉警官家受過照顧的那幾個，到現在還時常懷念他的好手藝呢！」

三太警官接著講。那幾個，是誰呢？見我一臉茫然，三太警官恍然大悟地說：

「喔，原來妳不知道啊？」

角倉警官伸出沒握著廚刀的左手，朝三太警官的腦門敲了一記。

「怎麼可以洩漏身為警官之人的私事呢！」

「對不起，我以為她知道。」

知道什麼？不知道什麼？露出苦笑的角倉警官繼續切著蛋糕，一邊解釋：

「很久以前的事了。被我逮到的幾個鬧事的小傢伙不敢回家，於是就留他們在家裡吃了飯。」

原來有這樣的往事。角倉警官曾經擁有「佛心角叔」的稱號，這的確像是他的作風。

咦，等一下？

三太警官以為我知道這件事，表示我也認識那幾個人囉？

那幾個人，是誰呢？

「請問……」

正想請教，角倉警官已經察覺我想問什麼了，抬起手來搖個不停。

「都是過去的事了，翻舊帳也沒意思。」

雖然明白翻舊帳不是件好事，還是難以壓抑心裡的好奇。

這座城鎮歷史悠久，許多人生下來之後不曾離開過。這裡一定還有許多年輕的我不知道的往事。譬如爸爸和島津泰次郎老伯之間究竟有何過往，誰也不肯告訴我。

我先把角倉警官送的年輪蛋糕拿回家放，再次出門買東西。毛毛雨還沒停，還好只要鑽進商店街的拱廊裡就不怕雨淋了。我敞開雨衣，再摘下雨帽塞進肩章裡夾著。

我走在寂寥如昔的街上。前些時候，幾個可疑人物把可疑貨物搬進木下家具行的原址之後，就不再有人進出了，好像也沒打算開張做生意。

搬進去的貨物到底是什麼呢？

「感覺不妙呀。」

記得大約五年前吧，幾個來路不明的人偷偷住進了空店面，後來惹出了一場麻煩——屋裡失火，險些延燒到整條商店街，所幸火勢不大，很快就撲滅了。

「亞彌學姊！」

背後傳來一聲輕快的呼喚。是誰叫我呢？

「噢——」

原來是位於一丁目的柏克萊餐廳的奈緒。也就是聽說是北斗可愛的女朋友、小我五歲的奈緒。

「好久不見，最近好嗎？」

「託學姊的福！」

她和我是同一所高中的校友，在家裡經營的餐廳幫忙，如假包換的店花。

柏克萊原本是西餐廳，現在已經轉型為咖哩餐館了。近期推出多道辣度驚人的咖哩餐點，吸引不少年輕顧客上門。在這條愈來愈冷清的商店街上，堪稱唯一一間生意興隆的店家。

那裡的餐點非常美味可口。只是爸爸很喜歡吃咖哩飯，我常在家裡做，因此沒什麼機會光顧。

「真巧，正想找學姊！」

奈緒說。

「有事找我？」

「有件事想請教學姊。」

請教……？

啊，難不成是！……

「該不會和北斗有關吧？」

微微皺眉的奈緒輕輕地點了頭。其實之前我腦海裡曾經掠過這個念頭。這陣子我三天兩頭就鑽進北斗的祕密基地，自然有可能被附近的居民目睹。

假如北斗和奈緒真的在交往，雖說我是一起長大的鄰居姊姊，這件事傳入她的耳中還是不太好。

「要不要找家店坐一坐？」

「可是，我正要去買東西。」

「喔，那我們邊走邊聊吧。」

再走一段路就到站前那家 Mister Donut 了。我們在遮雨棚底下慢慢同行。

「我想問一下……」

「請說。」

「妳和北斗是男女朋友嗎？」

奈緒淺淺一笑，點了頭。他們果然在交往。這也難怪，畢竟近來北斗的表現屢屢令我刮目相看。

不過，開朗可愛的奈緒和陰鬱內向的北斗似乎不怎麼合適。算我多管閒事囉。

「這樣的話，必須先告訴妳，最近我和北斗常常碰面。」

這叫先發制人。

「喔對，我聽說了。」

噢，原來她知道了。

「聽說聖伯請他幫忙架設網站把目前正在製作的模型資料放上去。準備開始經營網路商店了，對不對？」

北斗居然編出這個藉口。

「嗯，沒錯。要是自己會架網站就好了，可惜我對那方面一竅不通，嘻嘻！」

我笑著裝傻，奈緒說自己也一樣，跟著笑了。好險，逃過一劫。北斗真是的，既然已經編出這麼理直氣壯的藉口，事先告訴我一聲多好。幸好我在隨機應變這方面挺有兩把刷子的。

「太好了，還擔心妳誤會了。」

「我一點都不擔心呀。亞彌學姊可是『正義使者』呢！」

沒想到現在還有人知道我高中時代的綽號。求求妳快忘了吧。不過，既然沒誤會，還有什麼事想找我呢？

「北斗的生日快到了。」

「咦，是哦？哪一天？」

「七月一號。」

我不知道北斗的生日。好像有點印象曾經參加過他的生日派對，這麼說那時是七月囉。

「所以，我計畫在家裡做很多菜給北斗吃。」

這個主意真不錯，很有生日派對的氣氛！奈緒在自家餐廳也會進內場幫忙，廚藝一定很好。

「我想做麥芽糖薑汁涼茶給他喝。」

「麥芽糖薑汁涼茶？」

為什麼呢？

「北斗說，上小學時喝過亞彌學姊親手特調的麥芽糖薑汁涼茶，風味絕佳，後來喝到的麥芽糖薑汁涼茶根本比不上。」

「真的？」

「嗯！」奈緒點了頭。「這附近沒人賣麥芽糖薑汁涼茶，所以我實在不曉得是什麼味道，想請學姊偷偷教我怎麼做。」

麥芽糖薑汁涼茶？我調的？

「噢，原來是為了這件事找我。」

奈緒眨著陶醉在愛河中的少女那雙亮晶晶的眼眸凝視著我，我只得點頭答應了。

「其實那是我媽媽家的祖傳祕方，我回去找找再寄給妳。」

「不好意思，有空再找就好了！」

我們雙雙停下腳步，用紅外線傳輸功能交換電子郵件信箱，順便儲存了彼此的手機號碼。雖是住在同一條商店街上的熟面孔，但互不知道電子郵件信箱和手機號碼的情形其實挺常見的。

奈緒揮手道別，我也揚手示意。好了，接下來該去 Mister Donut 了。

「麥芽糖薑汁涼茶……」

我邊走邊思索。那是關西地區特有的飲品。據說媽媽那邊的祖先來自京都，所以這種飲料才會在我們家代代相傳。

聽奈緒這麼一提，好像確實有過那麼一件事。克己和北斗來我家玩的時候，請他們喝了這種飲料。不過，那不是我調製的。北斗大概誤會了。但有可能我當時年紀小、愛面子，說是自己調的。

媽媽以前的確常常調製麥芽糖薑汁涼茶給我們喝。我甚至記得媽媽親口說過：這可是我們家的獨門配方喔！

「對了，日誌上一定有！」

媽媽相當細心，總是在筆記簿裡寫下各種資料，包括當成日記似的生活瑣事、食譜，還有家庭記帳本。

我沒數過，但那些筆記簿家裡應該保存了幾十冊吧。我猜，麥芽糖薑汁涼茶的獨門配方應該也寫在那裡面。

萬一實在找不到，我只好親自試做，調製出最好喝的比例了。

回到家，爸爸不在屋裡，只留下一張工整的字條在客廳桌上：「出門一趟，傍晚回來」。

媽媽的筆記簿收在爸爸工作室的某個角落。

「進去找應該沒關係吧。」

我對著空氣說句「打擾囉」，推開爸爸工作室的門。一股金屬、黏著劑和工具的混合氣味立刻竄入鼻腔。我並不討厭這種氣味，從小就聞慣了。有時候經過小工廠附近聞到類似的味道，甚至有些欣喜。

「來瞧瞧……」

收在哪裡呢？我覺得應該在牆邊那排整齊的收納箱的其中一個裡面。我站在擺放用來檔書冊的櫃子前面，開始逐一翻找。

找到了！這個收納箱裡裝滿了熟悉的灰色封面的舊筆記簿。我從櫃子上拖出來，費力地把沉甸甸的箱子搬到客廳地板上。

接下來要進行的大工程就是從這一大疊筆記簿裡找出麥芽糖薑汁涼茶的配方了。幸好媽媽寫食譜時固定使用紅色鉛筆，只要瀏覽紅字部分就可以了。

我一邊瀏覽，一邊由衷佩服媽媽做事實在細心。如果這種細心的性格能夠遺傳給我，哪怕只有一點點，該有多好。

「咦？」

我看到什麼了？……

19

「老天爺啊！」

今天晚餐的主菜是焗烤什錦蔬菜通心粉。裡面的材料當然有通心粉，還包括馬鈴薯、洋蔥、紅蘿蔔、蠶豆、菠菜、綠花椰菜，以及蘆筍。上面再放水煮蛋的薄切片。濃稠的奶油白醬也是自己做的。最後鋪上一層乳酪，放入烤箱慢火烘烤。

焗烤通心粉是媽媽的拿手菜，也是爸爸最愛吃的主餐。其實光是這道餐點就足以吃得飽飽的，可是爸爸堅持晚飯一定要有味噌湯，只得再煮一鍋僅放入蔥花和豆腐的清淡口味的味噌湯。

小菜則是冰箱裡常備的甘味燉豆和醬菜。對了，我還買了豆芽菜，不如和蒜末、紅辣椒一起用橄欖油快火拌炒，起鍋前再淋上一圈醋吧。當然還要準備白飯。當主菜是焗烤通心粉的時候，我其實想烤幾片麵包搭配，但是爸爸非吃米飯不可。

焗烤通心粉的份量是滿滿一大盤，遠遠超過兩人份，這一餐沒吃完的留到明天早晨復熱後抹在吐司麵包上享用，美味極了。爸爸非常喜歡這種吃法，甚至一想到隔天的早餐就喜上眉梢呢。

「原來如此……」走出工作室的爸爸來到廚房，隨即笑瞇了眼。「在裡面聞到好香的味道，原來是焗烤通心粉哪。」

「這是按照媽媽的食譜做的喔！」

聽我這麼說，爸爸點頭附和：

「以往也一樣吧。」

「這回可不一樣！」

「不一樣？」

是的，不一樣。

我有太多話想問爸爸，所以特地準備了這一餐。

「以往的焗烤通心粉呢……」

「唔？」

「是根據很久以前媽媽教我的方法憑感覺大致抓份量做的，可是今天的是按照媽媽寫下來的食譜做的，就連奶油白醬的比例也分毫不差。」

爸爸聽完，讚許地頜首。

兩人坐在桌前合掌，說聲「開動了」。我想，爸爸一定能夠察覺到我剛才話中有話。

「我來嚐嚐。」

爸爸從大盤子裡舀出一匙焗烤通心粉到自己的小碟子上，吃了一口。燙嘴的通心粉讓爸爸不停地呵出熱氣。

「好吃嗎？」

「好吃！正是志津的味道！」爸爸開心地露出微笑。「這麼說，幾天前櫃子上的收納盒位置被稍稍移動過了，那是妳在找志津的筆記簿吧。」

「是我沒錯。」

爸爸果然發現了。家教班上課的日子沒辦法一同用餐，只好等到今天沒課才能找爸爸談事情。

「北斗的女朋友，名叫奈緒，就是柏克萊餐廳的女兒，爸爸知道他們在交往嗎？」

「唔。」

爸爸果然知情。

「北斗小時候來我們家玩時喝過媽媽特調的麥芽糖薑汁涼茶，奈緒想知道是怎麼做的。」

「原來如此。」

「您還記得他們來過家裡嗎？」

爸爸夾起一口飯送進嘴裡，邊嚼邊點了頭。

「也許來過。妳是為了這個才找志津的筆記簿？」

「對。」

「麥芽糖薑汁涼茶……」

爸爸臉上浮現懷念的神情，露出微笑。哎，鬍子沾上白醬囉。

「那種涼茶真好喝。那時常在酷熱的夏天喝一杯冰得透心涼的涼茶，暢快極了。這麼說來，已經好久沒喝了哪。」

「當然不可以！」

那麼甜的飲品，肯定糖分攝取過量。

「爸爸，我有話想說。」

「怎麼了？」

「找涼茶配方的過程中看了不少筆記簿裡的內容，沒想到居然發現上面寫著一件大事。」

「什麼事？」

「關於爸爸和泰次郎老伯之間的事。」

眼前的花白眉毛挑了一下。

「唔，妳看到了。」

「嗯，我看到了。」

爸爸以筷子夾起焗烤通心粉裡的蘆筍，露出滿意的笑容，送入口中。

「我，不曾仔細讀過志津那一大疊筆記簿。正確而言，雖曾粗略瀏覽，但未逐字詳讀。」

「是哦？」

「那當然，妻子也是女士。身為紳士，豈可擅自窺讀一位女士寫下近似於日記的文字呢！」

爸爸一派義正辭嚴。聽起來的確有道理。

「那麼，筆記簿裡寫著這件事？」

「就寫在上面。」

「詳細嗎？」

那倒沒有，只是輕描淡寫帶過。

「媽媽提到，年輕時泰次郎先生曾經追求她。」

「唔。」爸爸點了頭。「還有呢？」

「當時的島津綢布莊生意相當興隆，身邊的人都勸媽媽，對於家道逐漸沒落的矢車家而言，這門親事再好不過了。」

「唔。」

我繼續轉述。

「媽媽不喜歡泰次郎先生，可是四周的人全都針對這項弱點試圖說服她，她不知道該怎麼辦才好，於是拜託爸爸偷走自己。」

從爸爸的鬍鬚之間可以看到撇垂的嘴角。似乎很久沒看到這樣的神情了。上一次爸爸露出這種表情，也許是我介紹那個前男友的時候。

「媽媽寫的是真的嗎？」

爸爸先喝下一口味噌湯，這才點了頭。

「雖不中，亦不遠矣。」

「什麼意思？」

「並沒有發生妳想像中的場景，比方妳喜歡的電影《畢業生》那般浪漫的情節。」

那是一部好電影。我真的很喜歡。

「請把我偷走」，這句話實在令人訝異。

「不過，妳媽媽出乎我意料之外，在那個時代堪稱大膽的女士。她和爸爸交往時已經知道我是雅賊了，所以刻意一語雙關。」

我知道媽媽性格堅毅，卻從沒想她會說出如此俏皮與熱情的話語。

「媽媽的爸爸和爸爸的爸爸是朋友，對吧？」

這段話旁人可能聽得一頭霧水，其實就是我的外公與爺爺是友人。

於是，媽媽和爸爸就是透過這層關係而結識的。

每回向別人解釋我的血緣關係總得費盡脣舌，讀高中時還得畫圖說明，否則沒有一個同學聽得懂，連我自己都愈說愈糊塗了。

原因在於，我媽媽是擁有一半英國血統的混血兒，假如當初她和日本人結婚的話，我身上就帶有四分之一英國血統，然而媽媽和純正英國人的爸爸結婚了。

這麼一來，我的血統到底是什麼？如果這段文字是用手機傳訊的，這地方該放上表情符號了。

正確來說，我的體內流著四分之三英國人的血液，以及四分之一日本人的血液。由於這個緣故，我的眼睛較為深邃、鼻樑也比較高挺，不過整體而言還是接近日本人的長相。嗯，這些是題外話。

爸爸舀起通心粉送到嘴邊，笑著對我說道：

「看來，妳也開始為結婚做打算了。」

「我不是那個意思！」

為什麼從前陣子起，爸爸老是提出這個話題呢？

「總之，等妳的婚事定下來之後，我再把當初的前因後果說給妳聽。」

「現在告訴我還不是一樣！」

「人生在世，在於講究一個妙趣。」

是嗎？

「不過，現在可以告訴妳的是，妳媽媽確實說過『請把我從泰次郎先生身邊偷走』這句話。」

「真的呀？」

媽媽竟然說過這樣的話！

「然後呢？偷了嗎？真的把媽媽偷走了嗎？」

「就結果而論，的確如此，然而過程並不容易。畢竟多年前的時空背景不比現在。」

那個時代的日本，對於結婚大事比現在更為謹慎重視。

「雖然妳媽媽的父母曾經克服過同樣的困難，但即便到了我們那個時代，與外國人通婚依然十分罕見。」

「我想也是。」

「當時面臨的重重阻礙，以後再告訴妳吧。」

我曉得嘟嘴也沒用，只好點頭答應了。

「爸爸，我還發現了另一件令人吃驚的事。」

「怎麼，還有？」

有。就寫在筆記簿上。

「不過，如果是幾天前看到那段文字，我大概不會特別留意。」

「此話怎講？」

我先提示了上回派出所的角倉警官分送了年輪蛋糕給我們的事。

「唔，那蛋糕真美味。」

「嗯！」

「以後記得去那家店買蛋糕。」

「好。關於我看到的內容……」

從角倉警官切年輪蛋糕時俐落的動作聊到他精湛的廚藝，接著三太警官講了一段話。

「『在角倉警官家受過照顧的那幾個，到現在還時常懷念他的好手藝呢！』……我一直思索這段話裡的那幾個人是指誰。假如我心裡沒有這個疑問，恐怕不會察覺有異。」

爸爸再次挑了眉。

「在媽媽的筆記簿中寫著這樣的文字：『**大家都很感謝角倉警官，為避免以後給他添麻煩，決定一起守護這條花開小路商店街，也就是成立類似守望相助隊的組織。**』」

爸爸喝了一口味噌湯，低聲說了句：

「我明白妳的意思了。」

「也就是說，在這條商店街上，有幾位老闆以前做過壞事，在受到角倉警官的照顧之後決定洗心革面，如今已經變成認真工作的居民了。」

至於做過什麼壞事……。

「我推測其中一定有小偷，噢不，是前小偷在那幾個人裡面。這個推測正確嗎？」

平常看推理小說時，連一次都不曾猜對真兇，不過這次我有十成的把握。

爸爸擱下筷子，看著我。

「實在失算。」

「失算什麼？」

「我是指自己竟然沒有詳閱志津的日記。身為紳士，絕不可能擅讀別人的日記；然而身為Last Gentleman-Thief，或許應該展讀一遍才對。」

這麼說，我猜對了。

「我說得沒錯吧？」

「既然上面寫得明明白白，也沒有必要否認了，更何況那也不是什麼天大的祕密。」

「真的嗎？」

爸爸微微一笑。

「這一帶的老居民，沒有不知道的。就是一群血氣方剛的年輕人。」

「到底是哪些人呢？」

爸爸略微沉吟。

「唔，畢竟事關隱私，不便透露。」

「跟人家講嘛！」

「我想，妳應該已經知道其中一位了。」

其中一位？

「只要思索最近發生的幾件事，就能知道是誰過去受到角倉警官的關照，在改過自新之後繼續住在這條商店街上了。」

最近發生的幾件事……。

「啊！」

我彷彿聽見腦殼裡發出一陣齒輪運轉的機械聲。

慎吾忽然調查起盜賊的相關資料，並且預備做為暑假作業的自訂主題研究。

家裡突然莫名出現一幅畫也毫不驚慌，從容不迫地笑容以對。

「南龍拉麵店！」

難道是秋山家的某一位？

「是真的嗎？」

爸爸微微側首，嘴角浮現一抹諱莫如深的笑意。

20

實在忍不住朝店裡窺探。

南龍拉麵店。

我像隻兔子似地在門外跳了又跳。從拉門上方的透明玻璃，可以看到老闆和太太在依然沒什麼客人的店裡。爺爺和奶奶大概在後面。

那一天，爸爸終究沒有告知確切的答案。但我想了又想，應該是秋山老闆錯不了。

也就是當年做過小偷、如今認真工作的那個人。

「那張臉孔實在不像呀……」

我也曉得小偷並不是全都長得一模一樣，可是秋山老闆怎麼看都是一副忠厚老實的面孔，根本不像會做那種事的人。當然，我也不敢肯定他就是那幾個人的其中一名。

「猜不透……」

還有，三太警官口中的「那幾個人」。

關於這件事，我問過爸爸了，但他不肯透露。我覺得所謂的「那幾個人」，在這條商店街

的老店中曾經受過角倉警官照顧的人至少還有兩位。假設只有秋山老闆和另一位，應該不會用「那幾個人」這個字眼吧。起碼要有三個人以上，否則這種表述方式不太自然。

「如果是三個人……」

到底是哪幾位呢？

由這些日子發生的事件推論，與南龍拉麵店同屬自治會的資深成員、在這條商店街上開店已久且擁有自家土地的，應該是佐東藥局和大學前書店了。

佐東老闆與鈴木老闆。

再加上秋山老闆，總共三位。至少是這樣的人數，才會描述為「那幾個人」。

「一定是這樣，絕錯不了！」

三人組合……簡直像是由魯邦三世、次元大介與石川五右衛門搭檔而成的盜賊團嘛。這麼說，角倉警官就是錢形警部⑤囉？——這個幼稚無稽的幻想在我腦海裡無限膨脹。

「然後，他們其實……」

到今天依然暗中協助爸爸的工作。

爸爸上回說過，自己的夥伴不只克己和北斗而已，還有其他人一起幫忙，讓我不必多慮。

假如爸爸口中的其他夥伴，就是南龍拉麵店、佐東藥局和大學前書店呢？他們表面上經營拉麵店、藥局、書店，另一個不為人知的身分卻是雅賊的搭檔。

愈想愈有道理。前提是這一切發生在小說和動漫的世界裡。

我很想到佐東藥局和大學前書店探一探情況，好不容易才忍住沒去。太不像話了，何況我鬼鬼祟祟的舉動要是惹人非議，可就弄巧成拙了。在書店裡閒逛倒還合理，一時半刻卻也想不出來需要上藥局買什麼東西。

這種時候，最可靠的就是北斗這個萬事通了。但是他身邊已經有奈緒了，我經常在他的祕密基地進進出出的不太適宜。

沒辦法了。

只能使出以惡制惡的招數了。

前不良少年的克己，也許知道些什麼。我打定主意，推開了白銀皮革店的大門。

「您好——」

---

⑤日本漫畫家Monkey Punch（本名加藤一彥，一九三七～二〇一九）代表作《魯邦三世》的人物。主人公魯邦三世是俠義怪盜，擅長易容；次元大介為神槍手，魯邦三世的最佳搭檔；石川五右衛門為武術高手，從魯邦三世的敵人轉為夥伴；錢形警部為警官，把緝捕魯邦三世歸案視為畢生職志。

平常總在充滿皮革和黏著劑氣味的櫃臺後面工作的克己不在那裡，他父親辰巳伯也不在店裡。

「咦？」

接著，裡面傳來一陣推開拉門的聲響，只見克己從庫房走了出來。

「喔，是亞彌姊！」

「早。」

雖然是中午了，不過今天第一次碰面，還是習慣性地道了早。奇怪的是，克己的樣子不怎麼好看。噢，我不是那個意思，他當然算得上是個型男，而是他平常一見到我總是眉開眼笑，今天卻是眉頭深鎖，神情相當凝重。

可以想見，這就是在那段荒唐歲月裡，克己臉上慣有的表情。據說當時的他渾身上下殺氣騰騰，這附近的不良高中生一遇到他就直打哆嗦。

「怎麼了？」

聽我這麼一問，依然皺著眉頭的克己歪著腦袋反問：

「妳還沒聽說嗎？」

「什麼事？發生什麼事了？」

「等一下。」

他又進了後面的房間，很快就折返回來。辰巳伯也一起走出來，給了我一個微笑。

「喔，是亞彌呀！」

「您好！」

辰巳伯略微頷首，同樣蹙眉。

「亞彌那邊大概是最後一家吧。」

「最後一家？」

「畢竟如今沒在商店街開店了。」

咦？到底在說什麼？

「亞彌姊，聖伯呢？在家嗎？」

「在家呀，怎麼了？」

爸爸正在工作室裡專注在本業的模型製作上。我照實說了。克己點頭表示明白了，直視著我的眼睛。

看著他若有深意的目光，啊，我懂了，他是以眼神提醒我做好準備，要對接下來談的事情做出適當的反應。

「妳看到時一定會嚇一跳。」

「嗯？」

原來克己要我表現出驚訝。要像個和他一樣在商店街土生土長的單純女孩該有的反應，不可以秉持 Last Gentleman-Thief 的女兒的鎮定。

指令收到！

「昨天晚上，這種東西送到花開小路商店街的每一家店家手上了。十幾個穿著高級西服的商務人士和律師一起來到這地方。」

「什麼？」

「他們分成幾個小組，帶著伴手禮挨家挨戶拜訪說明。」

好大的陣仗！

「商務人士和律師……」

從哪裡來的？

「他們是馬修集團的主管和法務部門的律師。」

「什麼！」

大驚失色。這不是演技，而是打從心底震驚。我不自覺望向站在過道前的辰巳伯，他對著我緩緩地點了頭證實了這項消息。

「唉，我心裡有數，這種事早晚要發生的。只是沒料到這一天來得這麼快。」辰巳伯搔了搔花白的頭。「就是那個。」他指著克己拿在手上的大紙袋。那是一只鑲金邊的豪華紙袋，看一眼就知道用的是非常高級的紙張。

「裡面裝什麼？簽約書嗎？」

馬修集團來到這地方，一定是為了收購花開小路商店街。我想，那只大封套裡面裝的是載明要用多少錢收購的文件吧。

「這個嘛……」克己回頭問了辰巳伯，「反正他們遲早會去亞彌姊家，先給她看沒關係吧？」

「應該無妨。說起來，矢車家原本是這裡的大地主。」

克己從那只豪華紙袋裡取出另一個同樣豪華的小封套，尺寸和常見的喜帖差不多。

「妳看看。」

克己又從封套裡抽出一張厚厚的紙，正如我的猜測，樣式和喜帖相當，並且是格外高雅的淺紫色紙張。他在我眼前展開那張紙。我湊上前去讀紙面的文字。

「是我眼花嗎？」

這的確是一份帖子，問題是……。

「敬邀諸位貴賓蒞臨蒔多田溫泉？」

「沒錯。」

從這個小鎮到蒔多田溫泉必須搭乘特急列車再換普通列車，車程大約三個鐘頭。那處古老的溫泉幾乎和日本的歷史一樣悠久，舉凡提到日本的知名溫泉絕對少不了它。

其實，那地方和其他溫泉鄉沒有什麼不同，只是有很多間兼具歷史和傳統的高級旅館，包括歷代天皇下榻靜養的頂級旅館。克己把這份送到他們家的邀請函攤平了，說：

「上面寫著，招待花開小路商店街全體貴賓到那間簗萬智旅館。」

「為什麼？」

簗萬智旅館在蒔多田溫泉鄉堪稱數一數二的超高級溫泉旅館。我曾想過找一天和朋友住在這種高級旅館盡情泡溫泉，所以查過它的價格喔。

記憶中最便宜的房型也要每人每晚七萬圓左右。

「那間旅館的客房數並不多，很可能全部包下來了。在旅館門口擺上『歡迎花開小路商店街貴賓蒞臨』的牌子。」

這樣要花多少錢呢？

「請我們去那裡做什麼？吃吃喝喝大笑大鬧？」

「說是到了那裡再舉行說明會。」

「什麼說明會？」

「這裡的收購價格。」

收購價格……。

「那些傢伙，」辰巳伯開口道，「想要這裡的全部土地！據說他們願意用高得嚇人的價格買下，而且還會協助原本住在這裡的人斡旋，用便宜價錢找到新土地和新房子。」

「如果有人想在搬家後的新址重起爐灶，他們甚至會在類似的商店街幫忙找到土地和房屋。」

「價錢一樣便宜得不得了？」

「沒錯。」

怎麼可能有那麼好的事。

「我不相信。」

「先別急嘛。」

「別急什麼？」

克己揚了揚手中的邀請函。

「他們為了表示絕不是說笑或詐欺，所以才特地邀請商店街的所有居民住進粱萬智旅館，藉此展現自己的誠意。」

「單是這樣……」

「不光是這樣咧！上次告訴過妳了，他們還會把這些動作透過媒體大肆宣傳。」

「大肆宣傳？」

克己點了頭。

「他們準備舉行大型記者會，說不定已經登上雅虎的頭條新聞了咧！標題是〈香港『馬修集團』終於進軍日本　首項投資標的鎖定花開小路商店街〉之類的。」

「天啊！」

假如狀況發展到這一步，那就無可挽回了。

「大家都去溫泉鄉，整條商店街不就都得關門了？」

「這項邀請當然不是強制性的，不願參加這趟溫泉鄉之旅也沒關係，他們同樣會盡最大的誠意進行交涉。而且，如果所有的商店都公休一天，馬修集團當晚會安排大量保全人員看守門戶安全。馬修集團甚至答應支付當日營業額的三倍，做為營業損失補償。」

為什麼？為什麼？

「真是無微不至的款待……」

「沒錯！」克己的表情無比凝重，低聲囁嚅說著，「那群傢伙是玩真的！居然使出先下手為強這招！」

我一路飛奔回家。剛才和克己約好了稍後在北斗的祕密基地碰面。我在心裡向角倉警官和三太警官道歉，等不及號誌變成綠燈就直接衝過「禁忌的斑馬線」，連在電梯裡也擺好衝刺姿勢預備電梯門一開就奔進家裡。

拉開大門，玄關整齊擺著三雙看一眼就知道相當高級的皮鞋。

看到這三雙鞋，我做了一次深呼吸。此時不可慌張。我調整好呼吸，裝作很自然地打開了通往客廳的隔間門。

映入眼簾的是倚坐在客廳沙發上面帶微笑的爸爸，以及謙恭有禮地起身迎接我的三名西裝男士。

「亞彌，」爸爸向我輕輕頷首。「有客人。」

「歡迎各位。」

「這是小女亞彌。」

一等爸爸介紹完，其中一名男士隨即上前遞出一張名片。

「幸會。敝姓榊原，隸屬於總部設於香港的綜合商業地產開發商馬修集團。」

「敝姓內本，是顧問律師。」

「敝姓西澤，同樣隸屬於馬修集團。」

三人的自我介紹一氣呵成，臉上的笑容更是專業。

「妳也坐下吧。」爸爸指著自己身旁的位置，我聽話地落了座。「馬修集團這個名稱，妳總該聽過吧？」

既然爸爸這麼說了，我當然得盡力配合演出，立刻露出溫柔的笑容點了頭。

「當然聽過！」

「這幾位為此次花開小路商店街的都更計畫而逐戶進行交涉。我們家也持有部分土地，於是特地登門拜訪。」

聽完爸爸的簡介，那三名我已經忘了姓啥名啥也不打算記得的馬修集團人員齊齊點了頭。

這時我才發現，桌上擺著一只克己給我看過的相同紙袋。

「敝集團非常瞭解矢車貴府祖先歷代久居於此，並且曾經持有絕大部分的土地。今日來到貴寶地是為了與花開小路商店街的諸位進行交涉，與此同時自當拜會至今依然與商店街的諸位保有深交的矢車貴府，萬分感激百忙之中不吝撥冗接見。」

行雲流水。

我想起了這句久違的成語。

「矢車先生，是否需要我們再一次向令千金詳細報告此次邀請的原委呢？」

「不，無須費事。」爸爸抬了抬手。「由我說明即可。不耽誤各位寶貴的時間了。」

爸爸抬起的手朝玄關方向順勢一揚，接著從沙發上緩緩起身。意思是送客了。

馬修集團的三名男士立刻會意，旋即站了起來。

「那麼，望請多多關照。」

他們在玄關十分恭敬地鞠了躬，然後才關門離去。我站在門後聆聽他們的腳步聲已經遠離，這才張開嘴巴想問爸爸，不料爸爸先開口說道：

「亞彌。」

「爸爸請說。」

「好好享受溫泉。」

我沒聽錯吧？

21

好好享受溫泉，而且住的是超高級旅館，這項提議真是好極了！——我原本該欣喜若狂的。

「爸爸，您說什麼！」

我瞪著爸爸。爸爸沒有回應，轉身邁開大步走回客廳，緩緩地坐上沙發。

接著，他用更緩慢的動作取出菸斗，填入菸絲，拿打火機點燃，連連吸了幾口。菸絲的氣味在屋子裡慢慢地瀰漫開來。

我已經見慣了這一連串宛如儀式般的流程了。

「他們，也就是馬修集團說要招待商店街的所有人去溫泉鄉旅遊，這可是難得的機會，能夠住在如此高級的旅館盡情享受溫泉的大好機會怎可輕易放過。更何況……」爸爸露齒而笑。

「一切都是免費的。」說完，爸爸朝擺在桌上的那只紙袋揚了下巴。

「旅遊是免費的，但代價非常高呀！」

氣鼓著面頰的我，在爸爸對面的座位坐了下來。

「聽妳的意思，已經在外頭知道來龍去脈了。」

「剛剛在克己那邊聽說了。」

爸爸點頭表示明白了。

「白銀家父子也說了，他們大概會最後才來拜訪我們家吧。」

「理應如此。這裡並不屬於花開小路商店街，按理說也無須招待我們。」

「這是為了後續交涉的順利吧。」

「唔。」

爸爸頷首。想必他們判斷，我們家原本是這裡的地主，並且爸爸現在依然受到商店街居民的敬重倚賴。他們做此判斷也不無道理就是了。

「馬修集團拿出真本領了吧？過去都躲在暗地裡偷偷摸摸的，現在已經站出來正式推動收購計畫了吧？他們要奪取這條花開小路商店街！」

不僅如此，根據之前克己告訴我的，他們的目標不單是這條商店街，甚至可能準備奪下這整座城鎮。

「我說得對不對？」

爸爸抽著菸斗，點了頭。

「或許如此。」

「您太鎮定了。」

老實說，我從沒見過爸爸慌張的樣子。

「您知道了嗎？」

「唔，大致料想到了。」

「是哦？」

「不過，」爸爸繼續說道，「確實有些訝異對方竟然提前浮出檯面了。從他們之前太過謹慎緩慢的舉動來看，目前的行動多少超出了原先的預測範圍。」爸爸稱許地用力點頭。「不愧是舉世聞名的企業。馬修集團領導人黃．拉賓的聰明才智與行動力，恐怕超乎我的想像。」

「現在可不是佩服他們的時候！」

我的怒氣比剛才竄得更高了。

「再這樣下去，這條花開小路商店街就要消失了耶！他們開出的條件非常優渥，好到讓人以為那絕對是詐欺但卻是貨真價實的條件！克己還說，或許網路上已經有相關報導了。」

馬修集團是全球性的、正派經營的大企業。既然規模那麼大的企業登上了公開報導，這項收購案應該不至於是詐欺手法。雖然不曉得後續事態會如何發展就是了。

「有道理。」

「有道理？」

爸爸依然氣定神閒，沒有一絲動搖，滿面笑容地點頭。這個笑容，馬上讓我怒氣全消。

「也對……」

當爸爸以 Last Gentleman-Thief 的身分採取行動的時候，絕不可能失敗。他說過，從不打沒有勝算的仗。

「儘管超出了原先的預測範圍，但已經事先擬定對策了。」爸爸停頓下來，只微微一笑。「讓妳擔憂非我本意，聽好了……」

「嗯。」

「爸爸有對策。」

果然沒錯。

「不過，需要必備要素。」

「必備要素？」

爸爸拿起桌上裝有邀請函的紙袋，取出邀請函來。

「在溫泉鄉舉行的說明會，日期訂在五天後。這個日期設定未免過於倉促。」

「就是說呀。」

對於天天開門營業的一般生意人來說，五天前才決定要出遠門，時間上太急迫了。

「然而，這項設定是經過深思熟慮的。」

「是嗎？」

「那當然。想必有些店主會認為，既然公休一天也能領到損失營業額的補償金，那麼參加旅遊也無所謂。相反地，一定也有拒絕前往的店主。大家應該會聚在一起討論這件事吧。如此一來，五天的期間訂得非常巧妙，這段時間足夠幾個人的小單位湊在一起討論，也足夠全體居民聚集起來商討，當然更足夠一個人獨自思考後與家人談論。與此同時，如此短暫的時間卻又逼得人們有些緊張非得趕快討論出個結果不可。更進一步地說，很可能所有人在尚未拿定主意的情況下，只得硬著頭皮參加了。」爸爸由衷佩服地搖了搖頭。「確實高明！」說著，又稱許地點點頭。

「人類是猶豫的動物，面臨猶豫不定之際，生意人的本性通常做出的結論是『先去聽聽對方怎麼說，再做決定也不遲』。他們這項作戰策略完全掌握了這項人性弱點。」

是這樣嗎？既然爸爸這麼說，或許就是如此吧。

「只能佩服這一招確實高明。了不起的策士，唔，在企業裡面應該稱為企劃人員吧。想必他們內部一定有這樣的人才。」

「爸爸別老是佩服他們嘛！」

重要的是剛才講到一半的話。

「必備要素是什麼？」

「妳。」

說著，爸爸手中的菸斗指向我。

「我？」

「對。」

爸爸點頭，臉上出現燦爛的微笑。這樣的笑容我已經見慣了，像空氣一樣感覺不到存在，但英國人終究是英國人，想必有許多人受騙於爸爸這個具體呈現英國紳士風範的微笑之下。噢不，爸爸絕不會刻意騙人的。

「妳到商店街說服居民，不，聊天時建議就好，『大家就一起參加溫泉旅遊嘛』。」

「由我建議？」

「就說，聽完對方的說明之後再拒絕也不遲，況且難得有機會免費住到那麼高級的旅館，乾脆當成一趟久違的商店街聯誼旅遊吧！」

商店街聯誼旅遊。

對，我幾乎忘了曾有這項活動。

「最後一次舉辦是什麼時候來著？」

「應該是妳上中學一年級的時候吧。」

對對對，差不多就在那個時候，景氣還沒變得如此蕭條之前。商店街的居民個個充滿活力，共同儲存旅遊公費，用這筆錢每年到近處的溫泉鄉玩一趟。

「在妳的鼓勵之下，原本還在猶豫的人應該會拿定主意，決定和大家一起去吧。」

不對，等一下。

「您讓我和大家一起去，自己不去嗎？」

「當然。」

「您要利用那段時間進行某項計畫嗎？」

「關於這一點……」爸爸叭嗒叭嗒地抽了幾口菸斗。「不必多問。妳只要和商店街的居民一同享受溫泉就好。」

「可是，對方一定會在那裡說服大家的。就是詐欺犯慣用的洗腦手法，讓被害者當場蓋章之類的。萬一發生那種情形怎麼辦？」

「不必擔心。」

「為什麼？」

爸爸得意地笑了。

「因為『寇基』和『貝豆』也會同行。只要他們在場，絕不可能眼睜睜地任由馬修集團得逞。必要時，區區那種身手的四五個男人，不，甚至是十個，『寇基』都可以輕鬆擺平。」

「怎麼可以使用暴力呢！」

「說笑罷了。有妳在，不會讓他動粗的。」

那當然，我怎麼可能允許他打架呢！

「無須多慮，『寇基』和『貝豆』都在。況且，馬修集團特意透過新聞報導向社會大眾表示這是一樁公開透明的收購案，不至於做出那種無異於詐欺手法的勾當。」爸爸接著說道。「如今已經邁入網路時代了。商店街的居民當中有人專精網路操作。萬一馬修集團試圖輕舉妄動，堂堂一家大企業居然做出如此行徑的消息會立刻在網路傳播開來。他們絕不會犯下這樣的錯誤。」

「嗯，有道理。」

「所以，這趟旅遊是一家正派經營的企業在進行收購交涉時，一擲千金但並無違法的策略之一。儘管放寬心，和大家一起快樂出遊吧！——別忘了，花的可是對方的錢喔。」

罕見地，爸爸給了我一個俏皮的單邊眨眼。小時候，他倒是常對我做這個動作。

對了，忽然想到一件事。

「爸爸。」

「什麼事？」

我終於明白了。

「您希望花開小路商店街的所有人都去溫泉鄉之旅吧？是不是這樣才能執行對策？所以才要我去說服大家。」

「不需要說服，也不必說服。」爸爸再次強調。「如同方才所言，妳只要這樣告訴商店街的居民即可——『總之，大家別急別慌，去聽聽他們怎麼說吧？就當作以前大家一起旅行那樣，開開心心出門玩嘛』。記得，不要刻意，自然一點。」

結果正如所料，爸爸不肯告訴我他要在空無一人的商店街執行什麼樣的對策。

「所以，妳就挨家挨戶拜訪了？」

「才沒有挨家挨戶呢，只是站在路邊聊天而已。」

我開始在商店街上閒逛，尤其不能錯過南龍拉麵店，遇到有人打招呼就停下來聊天，將爸爸教我的那段台詞照本宣科地重複一遍。

「所以，妳一次又一次告訴大家，『總之，大家別急別慌，去聽聽他們怎麼說吧？就當作以前大家一起旅行那樣，開開心心出門玩嘛』，對吧？」

「對。」

我在商店街上繞了一大圈，買下不少家裡根本不需要的東西，完成爸爸交付的任務之後，來到了位於松宮電子堂後方的北斗的祕密基地。

「聖伯的話的確有道理。」克己笑著說。「在亞彌姊的慫恿之下，不管是誰都想去哩。」

「好懷念喔，商店街聯誼旅遊。小時候去過，後來就沒辦了。」

三人同時點頭。記憶中，參加人數最多的一次租了三輛大型觀光巴士。

「你父親怎麼說？」

聽我這麼問，克己聳聳肩。

「一臉鐵青，大罵誰要去參加那種玩意！」

果然，克己的父親就是這種頑固的脾氣。

「反正我會說服他啦！」克己點著頭說，「既然聖伯交代大家都去，那就所有人一起到溫泉鄉好好玩個夠囉。」

北斗也說會說服自己的父親。

「所以呢？」

「所以什麼？」

明知得到答案的機率不大，還是試著問一聲。

「你們也沒聽說我爸爸這次準備執行什麼對策吧？」

「沒聽說。」

兩人都用力搖頭。

「一點線索也沒有。」

「對了，亞彌姊，還沒看過這個吧？」

坐在電腦前的北斗將螢幕轉向我，畫面上的是電子報的網頁。有個眼熟的人正和另一個人握手。

「咦？」

那不是市長嗎？

「另一個是誰？」

與市長握手的人一身筆挺的高級西裝，露出爽朗的笑容。

「還會是誰，就是馬修集團的領導人黃．拉賓。」

啊！

「怎麼跟我印象中長得不太一樣……」

「就是他沒錯。這個人會依照不同的公開場合改變衣著和舉止，所以給人的印象差距很大。」

為什麼市長會和他握手呢？

「這裡也有。」

克己從那張充當桌子的電纜木軸上拿起一份報紙。

「已經刊出來了。這群傢伙的動作還真快！」

克己攤開報紙，有張照片占據了一大塊版面，就是電腦螢幕上的那張。刊載在地方版上。

「瞧瞧這個標題：**〈黃．拉賓拜會本市市長　積極推動站前都更案〉**。市長高興得合不攏嘴，感謝對方願意在這個毫無特色的城鎮營造都更夢，還說『**市政府將盡最大的努力協助完成站前都更案**』。」

北斗皺起眉頭。

「這個老頭在講什麼啊！」

「不准使用暴力，不可以打人喔！」

「我才不會幹那種事咧！亞彌姊，當我是幾歲小孩啊？」

當你是血氣方剛的二十一歲小伙子呀。克己把報紙往桌面一扔，嘆了氣。
「有錢人想幹啥就幹啥。」
「別那麼悲觀，只要大家團結起來——」說到這裡，看到兩人直視著我的眼神，還沒講完的話實在接不下去了。「問題就在這裡……」
「問題就在這裡啊！」
猶如風中殘燭的花開小路商店街面臨生死存亡之際。
「很多人覺得馬修集團的收購案來得正是時候。老實說，大概超過半數以上都有這個想法吧？」
「這麼多！」
「不過，」北斗點頭表示附議，「大家其實希望照這樣繼續在這裡做生意，但也不得不面對營收不足以餬口的現狀。大多數人一想到茫然的未來，不如答應賣掉土地店面，安享餘生。」
原來如此，這才是人之常情。大家心裡也想永遠留在多年來住慣的老地方。
三個人都嘆了氣。難道這就是最後的結局嗎？
「亞彌姊。」
「怎樣？」

「我們雖然不知道聖伯留在這裡要做什麼，但是明白他把我們送去溫泉鄉的用意。」

北斗也點了頭。

「沒錯。」

「聖伯要我們阻止任何人當場簽下契約書！哪怕一個人都不行！」

克己握緊拳頭。

哎，信心十足是好事，可別動粗喔！

22

馬修集團那群西裝男士出現過後四天。明天終於是溫泉鄉之旅的出發日。

花開小路商店街的來往行人依舊稀稀落落，然而這幾天以來，店門裡面則是一片喧喧鬧鬧，抑或窸窸窣窣。不是和家人談論，就是和左鄰右舍討論，交情好的還會相偕到遠一點的酒館邊喝邊聊。

總而言之，所有人的話題主軸同樣圍繞著馬修集團提出的「溫泉鄉之旅」，以及其真正目標的「契約」這兩項打轉——到底該不該放棄這裡，到別處展開新生活呢？

奉我爸爸的指示參加溫泉鄉之旅的克己和北斗並沒有試圖說服大家不要與馬修集團簽約，以免弄巧成拙。他們只到處提醒大家務必參加今晚的臨時會。

這場臨時會是由克己和北斗兩人為主的各家店第二代、第三代，也就是肩負起這條花開小路商店街未來展望的這群年輕繼承人所發起的，主要討論案是確認全體居民是否願意參加明天的溫泉鄉旅遊。

當然，各有各的想法，克己和北斗的角色就是要想辦法讓大家達成共識。

我什麼都不能做，也沒有立場做什麼，只能和往常一樣到商店街上散步買東西，和大家隨意聊聊，伺機鼓吹大家一起去溫泉鄉放鬆一下。

「亞彌姊，對不起，來了這麼多人開會，添麻煩了。」

「客氣什麼，常有的事嘛。」

是的，開會地點照例是矢車家。

我的家教班教室。

白銀皮革店、大學前書店、佐東藥局、南龍拉麵店、島津綢布莊、泊車亭、La Française 法式餐館、柏克萊餐廳、玉光眼鏡行、都屋、名取皮鞋店、鈴木洋裁店、魚亭和風輕食小酒鋪、味源小館、Game Punch 育樂天地、向田商店、衝刺小鋼珠店、本玉烏龍麵店等等。

就連平時不出席例會的老闆也一位接一位來到了會場，當然包括那幾家可疑商店的負責人。我得提醒自己別兇巴巴地瞪著他們看。

平常開會是禁止吸菸的，反正開會時間不長，吸菸者也會忍到會議結束。不知道為什麼，開店做生意的人大多數都抽菸。為了避免今晚開會時這些人焦躁不安，於是把有吸菸習慣的老闆們集中安排坐到窗邊，菸灰缸也擺上了。

以往舉行例會時，一進入討論案大家就提不起勁。今天卻連開會前大家說說笑笑的聊談時間也沒有人開口，個個保持緘默，似乎都在觀察情況。

爸爸沒有現身。他在家，可能另有打算，只吩咐我若有人問起就說工作忙。

「呃……」全員到齊後，坐在前排位置的克己站起來說話。「在座有許多長輩，不過既然我是這場臨時會的提議人之一，乾脆由我擔任主席，可以吧？」

一時之間，老伯伯們嚷嚷著「行」、「好極啦」的聲音此起彼落。克己是他們從小看到大的，想必有人對於當初那個小不點竟已如此成材而頗感欣慰吧。

「首先，我性子急，現在就直接進入討論案——我沒異議！」

沒異議？眾人或歪著腦袋或皺起眉頭，紛紛盯著克己看。

「這件事的結論只有一個，根本沒什麼好討論的啊？我們都是自家經營，要做生意還是把生意收起來自己做決定就好，說到底，就是個人意志，不是嗎？」

的確如此。眾人不置可否地點著頭。

「我當然想繼續守護這條花開小路商店街，畢竟在這地方出生長大，這裡就是我的故鄉，不希望有任何改變，更不願意想像這條街上的每一家店和那座拱廊被拆除一空，處處蓋起高樓大廈的那幅景象。問題是……」

克己忽然打住，凝視著在座的人。太吃驚了，我沒想到他這麼善於發表言論，從敘事節奏到停頓，無不吸引群眾的目光。

「……誰都無法抵擋時代的變遷。」

講到這裡，克己環視眾人。他從小就是個孩子王，原來並不只是因為擅長打架。

「所以，現在不討論要不要答應馬修集團的收購案。那麼，今天為什麼要請大家來開會呢？是為了確認全體參加溫泉鄉之旅的意願。」

「我要發言！」

開口的人是柏克萊餐廳的老闆，也就是奈緒的父親。

「一開始就表明沒有異議，非常好，不愧是克己，做事明快。不過，就算不去參加旅行，只要個別回覆馬修集團就行了，何必特地開會呢？」

「就是說嘛！」

說話的人是魚亭和風輕食小酒鋪的老闆。記得他是道地的老東京人。

「就算沒賺頭，還是有老主顧上門，哪怕一天不開門做生意，也要給人添麻煩的。」

這麼看來，魚亭的老闆根本不打算去。

「我說魚亭的老闆，這就是關鍵！」

克己彷彿抓住這個千載難逢的機會，笑咪咪地朝魚亭的老闆伸長了手。

「什麼關鍵？」

「究竟怎麼做，才是真正不給老主顧添麻煩。」

「嗄？」

我也聽不懂。克己到底想說什麼呢？

「不管最後決定要留在花開小路商店街也好，還是要離開也罷，這次的溫泉鄉之旅都會登上新聞。住在附近的人都看過市長和馬修集團的領導人握手的報導了。請各位想想，這麼多年來，這地方曾經得到如此大的關注嗎？」克己笑著說，「這可是大好機會！」

「大好機會？」

「絕不能錯失這個機會！幾十年來在這裡開店做生意，哪裡遇過這種能達到天大宣傳效果的機會？明天，會有好幾輛馬修集團租用的巴士來到這裡。大家猜一猜，另外還有什麼也會同時來到這裡呢？」

眾人左思右想，交頭接耳。

我知道了！好，克己，我來和你一搭一唱。

「有！」

我用力將手舉得高高的。咧嘴而笑的克己看過來，伸手指著我。

「好，亞彌姊請說。」

「電視台的攝影機！」

眾人議論紛紛。

「標準答案！」

原本看著我的克己再度轉而環視眾人。

「我敢打包票，明天一定不止一家電視台出動記者採訪，說不定東京的主流電視台也會派員前來。馬修集團很可能會做此安排。」

「什麼意思？」

發問的是向田商店的老闆。

「他們之所以採用這種花大錢的收購作戰，講白了就是為了展現這家企業的光明磊落，以及堅強實力。如此寬大的胸襟和雄厚的資本是其他企業遠遠不及的。而這一切如果不大肆宣傳就失去意義了，所以，那些傢伙應當會安排屆時大幅報導。」

「原來如此！」

到處傳來豁然明白的聲音。

「各位不妨想想，假如到時候身為關鍵人物的我們一個個垂頭喪氣、不情不願地走上巴士，又或者抵死不肯上巴士非留在店裡不可，會有什麼結果？正中馬修集團下懷！在大眾的心中會留下這樣的印象：這條商店街已經窮途末路前途無望、而且盡是一些跟不上時代潮流的老頑固。如此一來，更沒有客人願意來這裡消費了。我們只能眼睜睜看著這條街一天比一天凋零。應該沒有人願意看到這樣的結果吧？」

「我懂了！」

幾乎要從椅子上跳起來的名取皮鞋店的老闆高聲回應。

「相反地，如果我們威風八面，甚至所有人統統穿上商店街的短外褂抬頭挺胸上巴士呢？

這樣一來，花開小路商店街的價值就會跟著水漲船高了。」
「完全正確！」
克己擠出一個誇張的笑容。克己呀，也許你該轉行去當演員才好喔。
想起來了，這小子讀小學時在成果發表會的話劇中擔任主角桃太郎，精湛的演技遠遠超越一般兒童，台下觀眾爆出了熱烈的掌聲。
「暫時別考慮生意到底要不要收起來。因為就算離開了這裡，日子還是要過下去。要是這條商店街最後留在我們心底的印象是冷清寂寥，有辦法好好過生活嗎？這幅情景讓全國民眾看到真的好嗎？這是生意人的羞恥吧？花開小路商店街代表的意思如同文字所示，應該是『如同繁花盛開一般華麗而熱鬧的商店街』，對吧？」
神情認真的克己做了一段熱情的演說，向眾人大聲疾呼，而大家也表情嚴肅地聆聽他的訴求。
「難道大家甘願任由馬修集團這個外國企業宰割嗎？就算在財力上比不過他們，總得在最後的關鍵時刻展現我們花開小路商店街的魄力吧？我們沒有接受收購！大家難道不想給那些傢伙瞧瞧，我們揮霍他們那幾個臭錢大展豪邁的氣勢嗎？」
砰的一聲，克己使勁拍桌。

「既然是花，就要像櫻花那樣在最後盛大綻放，然後才飄落下來。明天，我們所有人都穿上以前的那件祭典短褂，浩浩蕩蕩地走上巴士吧！到了目的地繼續花那些傢伙的錢盡情吃喝玩樂，大鬧一場吧！全數參加！」

「辛苦了。」

「我回來了。」

收拾完家教班教室後回到家裡，爸爸已經沏好紅茶了。而且完全配合我走進屋裡的時刻，時間拿捏得恰到好處。

「爸爸該不會……」

「什麼事？」

「……全程觀看了？」

爸爸點了頭。

「用什麼方法？」

「妳對近來的ＩＴ技術的瞭解實在太淺了。」

人家對那些東西根本沒興趣嘛。

「樓下的教室沒擺電腦呀？」

北斗也沒帶筆電來。

「不透過電腦也能傳送影像，譬如使用電話。」

哦，我知道了，可以用智慧型手機或是iPhone之類的。這麼一說，我想起來了，似乎看到北斗拿著手機在操作。

爸爸端著兩只擱在茶托上的紅茶杯，從廚房走向了客廳。

「謝謝爸爸。」

我坐在沙發上，端起擺在桌上的茶杯。

「『寇基』的演說真是滔滔不絕。」

「就是說嘛，嚇了我一跳。」

「這同樣是妳的瞭解太淺。大家從以前就知道，『寇基』不但演技精湛，領導力更是傑出。」

看來的確如此，好像只有我一個人沒察覺到。

「泰次郎老伯本想說三道四，也被克己給擋了回去。」

克己演講完之後，花開小路商店街的耆老，島津綢布莊的泰次郎老伯也想向大家做一番演說，克己馬上請他明天到了溫泉鄉再讓大家洗耳恭聽。

「克己還說，也許明天在旅館宴會廳裡會有媒體記者跟拍，屆時泰次郎老伯的講演更能發揮引人注目的絕大效用！」

爸爸不禁笑了起來。

「泰次郎兄雖然年事已高，但依然活力充沛。」

「對了，爸爸。」

「何事？」

「明天萬一大部分的人都和馬修集團簽約了，怎麼辦？」

我沒有任何足以阻止這件事的手段。

「泰次郎老伯也是他們的密探吧？」

爸爸笑而不答，啜飲了一口紅茶，慢慢取出菸斗。好好好，我等就是了。我會等到您點燃菸絲，陶醉在菸氣之中的。

「亞彌，別讓我一再重複同一句話。」

「您是指『我的工作永遠是 perfect 的』這句話嗎？」

「正是。什麼都不必擔心。妳已經善盡任務，鼓勵所有人參加溫泉鄉之旅了。接下來的事無須多想，好好享受溫泉就行了。」

真的可以嗎？

「不過……」

「不過？」

爸爸神祕一笑。啊，這個笑容是Last Gentleman-Thief的笑容！

「回來的時候，這裡會發生驚天動地的大事。妳先做好心理準備。」

驚天動地的大事？

「和那件大事相比之下，馬修集團推動的城鎮都更計畫，根本微不足道。」

23

「好舒服——」

泡溫泉實在太享受了。

身在溫泉，讓人不由自主發出「啊——」的呻吟。更不用說這裡是露天浴池，況且在寂靜

無聲的極致幽雅的大自然懷抱裡。

「果然貴得有價值哦——」

「真的耶——」

「就是說嘛——」

我和柏克萊餐廳的奈緒相偕來到露天浴池。

奈緒有一張可愛的臉蛋，我猜她的身材一定也玲瓏有致。今天坦誠相見赫然發現她一身柔彈潤澤的雪白肌膚和那雙巨乳，簡直讓人羞愧到無以復加的地步。

只見她雪白的肌膚浸入溫泉池裡染上了一抹淡淡的緋紅，連我都忍不住想咬上一口了。

此次出遊的成員中，年輕女生只有我和奈緒而已，自然而然共用同一個房間，應該算幸運。要是和那群說起話來像機關槍一樣的阿姨們同室，說不定我會崩潰。

「奈緒，我問妳喔。」

「請說請說！」

奈緒那雙水靈靈的眸子，真的好美。

「這個問題非常失禮。」

「什麼問題呢？」

「妳到底喜歡北斗的哪一點呢？」

我一問完，奈緒嘻嘻笑了起來。那模樣太可愛了。

「北斗他呀，很體貼喔。」

「嗯，我也覺得。」

「還有，他以後一定會得到諾貝爾獎的！」

「什麼？」我是不是聽錯了。「諾貝爾獎？」

「因為北斗頭腦非常聰明，他從小就說，自己未來一定會發明很厲害的東西，拿到諾貝爾獎！」

是哦？

「他還說連時光機都不是問題。」

「時光機……」

「他正在努力存錢，等存夠錢就會重新上大學，再一次用功讀書。」

對了，北斗還沒讀完大學就回家幫忙了。原來是由於家庭因素才不得不離開學校的，我真糟糕，居然不知道是這個原因。他一直很努力朝向目標前進。至於時光機呢，就當沒聽見好了。

原來奈緒喜歡北斗的這些優點。

「妳對北斗很有信心喔！」

奈緒又嘻嘻地笑了。

本以為她是個愛做夢、不切實際的女孩，我錯了。這是一個性格堅毅、一旦認定對方就會支持到底的女孩。

忽然間，我好希望北斗和奈緒能夠永遠幸福。

「所以，他必須守護花開小路商店街，讓這裡再度繁榮，使得松宮電子堂生意興隆，這樣才能完成夢想。」

「就是這樣！」

涼風輕輕拂來，我從水裡上來，坐在池緣休息一下。這裡雖是女子專用的浴室，基於禮節，該遮掩的地方我還是遮起來了。況且也不想讓奈緒瞥見我的胸前只有小小的山丘。

「可是，如果被馬修集團收購了，接下來該怎麼辦呢？」

「絕不會讓他們得逞！」

奈緒強調似地點了頭。那動作真可愛。北斗，怎麼辦呀，我愛上奈緒了……。

「馬修集團到底為什麼看上我們這條貧窮的商店街呢？收購這地方有賺頭嗎？」

「聽說，這是為了奪取私營鐵路的前哨戰呢。」反正只是推測，講給大家聽也無所謂。「我們這個小鎮的地理位置絕佳，他們以後很可能會把整座城鎮納入囊中。等著看吧，連市長都遲早會變成和他們一鼻孔出氣的。」

「聽說還有稀有金屬喔。」

喔，一定是從北斗那裡聽來的。

「對對對！」

「可是呢……」

「嗯？」

奈緒說著，雙手抱胸。我說奈緒呀，行行好，快想想辦法把妳那對遮也遮不住的胸脯遮起來吧。

「只要仔細找一找，這樣的城鎮應該全國到處都有呀，為什麼偏偏要找上我們這個鎮，而且還指定要這條花開小路商店街，我怎麼想都想不通耶。」

「這麼說也是。」

這也是我納悶已久的癥結。

「我猜呢，一定有某種關鍵性的理由。」

「關鍵性的理由？」

奈緒把拳頭握得緊緊的。

「嗯！我想，候選名單應該有好幾個地方。既然是企業的企劃案，一定會篩選出最後的名單。」

「有道理！」

我吃了一驚。沒想到奈緒對這方面的話題也能說得頭頭是道。

「假設最後篩選出三個地方，各有特色和優缺點。既然是收購整座城鎮，絕不可能所有的條件完全一樣，應該是不論選擇哪一個都將面臨必須排除的障礙。如此一來，正派經營的企業應該會盡量挑選風險較低的地方，不然就是……」

奈緒突然豎起了食指。

「不然就是……？」

「整家公司權力最大的那個人，憑著商人的直覺，或是個人的想法，選定一處多少有些風險但是符合他喜好的地點。」

「個人的想法……」

奈緒嫣然一笑。

「這是我高中老師說的。他說，到頭來，做生意這件事比理論更重要的是『情感』。」

「『情感』……」

奈緒噗嗤一笑。

「對呀，什麼風險評估啦、計算損平啦，比那些項目更重要的是個人的『情感』。一個成功的商人是絕對不可或缺的。所以說——」

「黃．拉賓之所以選中了花開小路商店街，就是基於這份『情感』，對嗎？」

「我是這麼認為啦。」

「可是，畢竟是香港的企業，之前從來不曾進軍日本。」

「說得也是。」

是的，不曉得什麼原因，這家企業的版圖已經遍及全球，卻遲遲沒有進入日本市場。

「會不會是沒辦法來呢？」奈緒問說，「可能某種原因，而且是和『情感』相關的因素，使得他沒辦法來到日本？」

沒辦法來。

不知為何，這句話突然在我腦海裡不停打轉。對，應該是這個原因。我一直認為他是因為之前不曾進軍日本，這次終於準備就緒才來到這裡；但如果他過去並不是由於「沒有進軍」，而是「沒辦法進軍」呢？

理由會是什麼？

「……香港。」

「什麼？」

「奈緒，妳精通世界歷史嗎？」

奈緒笑了。

「呃，算不上精通，差不多高中程度吧。」

「知道香港的歷史嗎？」

「『香港於一八四二年的《南京條約》與其後的條約被清廷割讓及租借英國，此後成為英國的殖民地，直到一九九七年英國移交主權成為特別行政區。』」

「天啊！」

奈緒露出迷人的笑容。

「維基百科上面是這樣寫的，為了這次的事情上網查的。記憶力是我唯一的優點，整段背下來了。」

驚人！噢不，是太驚人了！這段歷史我忘得一乾二淨。

「的確是這樣沒錯。」

香港曾經是英國的殖民地，與英國淵源極深。從很久以前就由於自由貿易而成為金融與運輸的樞紐。甚至一度堪稱全世界的財富都集中於此，還有以香港為根據地的黑道組織這類題材的電影和影集也不勝枚舉。

如此一來……。

「難道是爸爸？」

英國的Last Gentleman-Thief即便與香港有某種關聯，也不是什麼奇怪的事。

「爸爸？……怎麼了嗎？」

我居然把心裡想的話說出來了。

「噢，沒什麼。」

黃．拉賓和爸爸之間，抑或是與Last Gentleman-Thief "SAINT"之間，縱使存在著某種糾紛或關係，也無須訝異。

這樣的話……。

花開小路商店街之所以遭到覬覦，是因為爸爸在這裡？

等等，假如讓想像的範圍繼續擴大，馬修集團之所以一直等到今天才進軍日本……難道是Last Gentleman-Thief "SAINT"在日本的緣故？

「有任何問題歡迎舉手發問。我們已經準備好回答所有的疑問了。」

做為代表人的某某律師滿面笑容地站在前方說道。我們現在是在大宴會廳裡，一個個屏氣凝神。

這也難怪。原本以為是在溫泉旅館的包廂裡穿著浴衣盤著腿吃吃喝喝地聽著對方的說明，誰知道居然安排在這間像貴賓室似的天花板挑高的豪華房間裡舉行說明會。每一件家具都是精緻雕花的上等貨，還有女僕和管家似的服務人員等在一旁。雖然知道這家高級旅館原本是貴族的府邸，如此奢華的房間實在令人咋舌。

老實說，在這種地方，大家都變得畏畏縮縮的。

「有！」

克己舉起手。

「白銀克己先生，請說。」

這位某某律師記得每一個人的名字喔。做事完美，無懈可擊。

「我想問的，只有一點。」

「請說。」

「這次交涉，白銀皮革店不會簽約，並且拒絕今後的一切交涉。假如這樣的店只有我這一家，馬修集團的都更案會怎麼處理？」

某某律師露齒一笑。

「假設只有一家，並且拒絕後續的一切交涉，那麼我方會保留貴寶號的店鋪，於其他土地進行都更。」

「也就是說，要把我這家店圍起來嗎？說得極端一點，白銀皮革店被活生生困在一棟棟大廈之中，就算想出去都出不了門嗎？」

哎，克己，講話委婉一些嘛。

「那樣違背人道，我方不會做出那種事。然而，就現實狀況而言，恐怕無法像現在這樣繼續以街邊店的型態營業了。即使貴寶號被圍在高樓裡面，只要我方遵照《日本憲法》上的保障，予以保留最低生活範圍，也就沒有違法的疑慮了。」

「你這是在恐嚇！」

某某律師再次露齒一笑。

「白銀先生，方才只是假設性的回答，望請諒解。我方開出的條件相當優渥，如有意願，保證安排貴寶號於敝公司都更重建後的大樓內部繼續營業。」

「我們根本不希望都更！」

「不是『我們』哦。目前已經有住戶願意接受我方的提案了。當然……」某某先生頓了一頓，接著說，「我方無法保證只要接受提案，前途必是一片光明。太不切實際了。往後的日子也許不盡如人意。然而，一切終歸是各位當初抉擇的結果。我方僅是提出破天荒的好條件，給予各位一個改變未來的機會。」

「怎麼想就是不對勁！」

某某律師眼神驟變。

「馬修集團到底在想什麼？你們同樣是商人，不可能做賠本生意。你們提出的條件的確是破天荒的，只要答應脫手，日子一定會比現在來得輕鬆。假設每一家都答應脫手，你們順利拿下整條花開小路商店街，問題是，我們實在看不出你們如何確保未來的獲益？對此，你們絕口不談。」

「那是商業戰略上的機密，在交易過程中必須保密，不需要告知任何人。我方已經規劃未來藍圖，將以該地為進軍日本的起點，大幅增加集團的獲益。當然，一切合法。」

克己已經盡力，仍是節節敗退。事實上，以我估計，考慮將土地和房屋所有權讓渡給馬修集團的居民占半數以上。在這些願意接受條件的人看來，拒絕接受的人無疑是阻礙他們享有更美好生活的絆腳石。

也就是說，反對派將淪為壞人。

而我們也沒有任何方法能夠阻止那些願意接受的人。

「容我重申，我方無意請各位今天在這裡簽約，敬請回家後慢慢思考。我方將回答一切疑問，只是恕不回答方才白銀先生提問的收購後的商業戰略上的機密。並且，只要各位願意考慮這項提案，我方將到貴寶號說明與答覆所有問題，多少次都無妨。」

「嗯……」

分不清是嘆息還是呢喃的聲音在會場上嗡嗡作響。對方已經表示可以多次到店裡個別回答問題了。身為反對派，非得趁現在對馬修集團揮出致命的一擊，扳回不利的情勢。

「請問。」

不管了，死馬當活馬醫。

「矢車亞彌小姐，請說。」

「我對法律一竅不通。」

雖然不情願，不得不扮成一個傻女孩。

「您客氣了。」

「我家在商店街上也持有一小塊土地。」

「是的。」

「假如我家拒絕收購，就會繞過那塊地，在旁邊蓋房子，對不對？」

「是的。那稱為飛地，俗稱釘子戶，進行都更時會跳過拒遷戶。如果那塊地上沒有建物，最不利的狀況是會被四周的新建物包圍起來，很可能淪為一塊廢地。當然，在此之前我方必將竭盡全力與矢車小姐達成共識，避免那種情況發生。」

糟了，我該怎麼回應呢？

「原則上，我也不想賣，也打算拒絕今後的交涉，您們會怎麼做呢？」

某某律師依然保持微笑。

「答覆和剛才一樣。我方必將竭盡全力避免那種情況發生，倘若無法達成共識，極有可能淪為一塊廢地。」

不行了，我再也擠不出任何一個問題了。就在這時，有個人進入大宴會廳。是馬修集團的相關人士。

只見那人神色略顯慌張，附在某某律師耳邊講了幾句。某某律師頓時神情大變。

「不好意思，請稍待一下。」

某某律師離開桌前，走到角落和那人講起悄悄話。一定發生事情了。該不會是爸爸採取行動了？

「萬分抱歉，假如沒有其他提問，本階段在此告一段落，接下來請各位盡情享受美食與溫泉。若有任何需求，這裡的工作人員會隨時在萩乃廳候駕，靜候召喚。」

說完，某某律師匆匆忙忙地衝出大宴會廳，旅館服務生立刻送上令人大開眼界的山珍海味。

「你猜他們怎麼啦？」

克己邊吃邊問北斗。

「還能怎麼啦，一定是那邊出狀況了，不，是遇到狀況了。」

我們擔心隔牆有耳，用字遣詞講話還是別說得太具體。

「一定是那樣！」

「那還用說！」

接下來，我們能做的有限。克己和北斗只能帶著其他店家的第三代成員，分頭到每個房間努力說服。我同樣到商店街那些老闆娘的房間，請她們為留下這商店街繼續忍辱負重。

沒想到——

沒想到沒想到沒想到！

24

「就是這個？」北斗不可置信似地甩了甩頭。「這是真的嗎？」他囁囁說著，伸手摸了再摸。

「我爸爸究竟作何打算？」

我瞪大眼睛眨了又眨，讀著附上的說明牌的文字。以前好像也曾在別的地方讀過這種說明牌。

〈苦惱的戰士〉　俗稱〈彼得那的劍鬥士〉

創作者：伊普索茲之子阿利圖斯的英葛西亞

「根據古希臘馬其頓戰士的作戰場面所完成的作品。高舉的手臂顯然為戰鬥中的姿勢，然而專家認為，作品名稱中之所以加上『苦惱的』這個形容詞，乃是因為這隻舉劍向上的右臂肌肉幾乎看不出絲毫力道。推測其理由，或為此戰士正在猶豫是否要對倒於地面的敵人給予致命的最後一擊，亦即，雖身為戰士，卻煩惱是否該奪走人命。另有一說，也許是此戰士已揮劍葬送敵人性命之後，拔出劍來慶祝勝利的剎那。創作者伊普索茲之子阿利圖斯的英葛西亞沒沒無名，美術史上亦僅見於此作品。這件作品乃是模仿西元前四世紀的雕刻家肯多西司研發的技術，強調人類肌肉極致之美的作品風格，有相當程度受到希臘文化之薰陶，引領觀賞者進入那如夢似幻的世界。」

在花開小路商店街一丁目的正中央，巍然聳立著一座超過三公尺高的石雕人像。這座珍貴藝術品的市值恐怕高達幾千萬圓。這只是我隨便猜的。

石雕外面還有個玻璃保護罩，並且附上一張挑釁意味濃厚的紅紙，紙上寫著這段警告文字：

「本玻璃罩具有防彈防爆功能，並於內部裝置強酸性藥劑。倘若移動或破壞此罩，人類將會失去堪稱珍貴藝術遺產的本作品，務請自重。 Last Gentleman-Thief "SAINT"」

玻璃罩裡還留下一只繡著「saint」字樣的手套。

「真是的……」

我只能苦笑了。這麼大的排場，已經超過令人動怒和驚訝的程度。才一個晚上工夫，到底要動用多少人力、耗費多少心力，我根本懶得去想了。

「這玩意，是不是一直藏在木下家具行那個空店面？」克己說，「那裡以前是家具行，可以容納比較高的東西。」

「對喔！」

說得也是，這個推論很合理。

「這麼說，前陣子在那裡進進出出的是我爸爸的夥伴，一切都是為了這一刻而按照計畫進行的。」

「大概是吧。」

原來是這麼回事。

「聯絡上聖伯了？」

「要我在家等，說是傍晚之前回來。難得傳了簡訊給我。」

「聖伯這麼做，不會有事吧？」

「嗯。」我點點頭，心裡明白爸爸已經下定決心了。「你也曉得，Last Gentleman-Thief只打必勝之仗。想必在這麼做之前，已經確信不會有問題的。」

所以，絕不會有事的。直到這一刻，才總算明白為什麼我和爸爸必須搬到英國一段時間。做出如此引人注目的大事，非得銷聲匿跡才行。

至於選定英國的理由，應該是所謂的燈下黑吧。當Last Gentleman-Thief "SAINT" 再次現身，況且是在日本，不會有人想到他這時又回到英國。

「機會難得！」北斗說，「我們把所有的藝術品都參觀一遍吧！再不久就會有記者、警察、外交部、蘇格蘭警場等等大批人馬趕來這裡了。」

北斗說得對。現場已經聚集愈來愈多記者了，還有不知道為什麼也來了許多員警。三太警官，角倉警官，對不起喔，在這麼寧靜的小鎮惹來這麼大的麻煩。

「參觀之前先通知所有的店家繼續營業，這可是個好機會！」

「好機會？」

克己得意地笑了。

「雖然不知道是誰擺在這裡的，但我相信那個人一定是希望吸引前來鑑賞藝術品的人潮，絕不能錯失這個商機！」

喔，原來是這個意思。

「我問你，日本警方會怎麼處理這件事呢？」

聽完我的問題，克己想了一下。

「以目前來看，至少沒有違法占據道路的問題。」

「為什麼？」

這麼一大座石像擺在路中央，怎麼想都是違法占據道路呀。克己卻笑了起來。

「亞彌姊，因為這條街是私人道路咧！」

「私人道路？」

「所有權屬於矢車家。」

「真的嗎？」

我從來不知道。

「所以，說得極端些，就算來了警察還是其他人，聖伯或亞彌姊都有權力禁止那些人擅自進入。聖伯想必早就算到這一點啦！」

商店街二丁目的正中央。同樣附上警告文字「**本玻璃罩具有防彈防爆功能……**。Last Gentleman-Thief "SAINT"」

至於玻璃防護罩裡的作品，說明牌的文字如下：

〈古戎的五對翅膀〉

創作者：約翰．古戎

「羅馬雕刻家約翰．古戎的代表作之一。古戎擅長從古羅馬時代流傳後世的許多奇妙故事中擷取一幕情景，以既寫實又充滿寓言氛圍的技巧創作。本雕刻作品是五個天使圍繞在貌似世界樹的一棵大樹旁呈現嬉戲般的舞姿，令人嘆為觀止。作品名稱雖是翅膀，實際上雕刻的並不是翅膀，而是粗厚的鎖鍊，亦即天使以自己的翅膀（鎖鍊）綑縛自己的身軀，構圖相當獨特。頗得夏爾九世寵愛的古戎在多件作品中均以鎖鍊替代翅膀的意象，後人對此項解讀眾說紛紜。在五對翅膀（鎖鍊）當中，有兩對是雕刻成一邊伸向天際、另一邊則相反地深深沒入世界樹的根部底下，被認為可能是暗喻批判當時的宗教戰爭導致國家分崩離析。」

「廣受世人喜愛的藝術品，的確不同凡響呢！」

「唔，好像散發出一種光芒。」

我們三人優哉游哉地慢慢欣賞，周邊卻愈來愈嘈雜。北斗從收到簡訊得知，果然從一丁目到三丁目的路中央各有一座放在玻璃保護罩裡的大型雕刻。

不僅如此，除了空店面以外，整條商店街的店鋪牆上都掛有昂貴的畫作或首飾，而且同樣有保護罩。

每一個保護罩外面也都貼了大意為「不可以拿下來喔，否則藝術品就完蛋囉」的紙條。

「我們去三丁目瞧瞧吧！」

來到商店街三丁目，又是同樣的玻璃保護罩。說明牌的文字如下：

〈海將軍〉

創作者：麥路易茲．布魯梅魯

「許多雕刻均以海神波賽頓為題材，然而本作品卻是腓力二世為防衛巴黎而修建的羅浮宮，亦即日後的羅浮博物館所典藏的第一件雕刻品，堪稱彌足珍貴。創作者布魯梅魯之名僅刻於本作

品上，其餘史料並無記載。作品的面容與後世流傳的海神波賽頓相貌差異極大，更像是一名學者或哲學家，被認為可能是按照腓力二世的容貌雕刻而成。本作品在當時的羅浮宮內或許具有要塞守護神的象徵意義，然而為何選擇了海神，藝術研究學者各有不同的觀點。此外，刻在底座上的並非海浪圖案，應該是星座，推測是當時的天文學家們透過某種方式要求創作者雕於此處。雕刻技法粗獷但充滿張力，與溫和的表情形成反差，成功打造出動人心魄的震撼性。」

「這個嘛……」

看了半天，只看懂了這是很了不起的作品。

「馬修集團該怎麼接招呢？」

我們三人坐在可以望見〈海將軍〉的長椅上。雕像周圍聚集了來自各地的人們，表情各異，有人讚嘆，也有人納悶。

「還能怎麼接招？」克己說，「要想收購這裡進行都更，就得移除所有的藝術品才行。問題是……」

「全都被 Last Gentleman-Thief "SAINT" 下了詛咒！」

「沒錯。而且，大概找不到方法解開詛咒喔。畢竟這種詛咒簡單又有力，對吧？」

北斗聽了我的詢問，側著腦袋思索。

「首先，上面標注著不准移動，表示裡面應該裝了某種感測器。除非關掉感測器，才有辦法進行下一個步驟。但是，還必須考慮到某一天有個小傢伙惡作劇，故意騎腳踏車用力撞上去的可能性。」

「對哦。」

「萬一雕像就這樣毀損了那可划不來，想必應該做好了萬全的對策。關鍵在於不知道是什麼樣的對策。會不會是單純的震動並沒有影像，但若傾斜到某個程度就會啟動裝置呢？如果是這樣，可以用垂直吊掛的方式嗎？總之，假如能夠含括所有的狀況，想必是非常精良的感測器。不過……」

「不過？」

「系統愈複雜，設置就愈耗時。我想不通如何在一個晚上處理完這麼多事情。」

克己露出了促狹的笑容。

「說不定只是幌子啦！」

「幌子？」

「裡面根本沒有裝感測器，想搬想移隨時都行，問題是不知道是誰的東西。而且這是私人道路，沒有土地所有權人的允許，連摸都不能摸。再加上這些都是了不起的藝術品，一定和國外很多單位有所關聯。這樣一來嘛……」

根本碰不得！就算沒有感測器也不敢碰。

我忽然恍然大悟。

「也許幌子並不是感測器哦！」

「什麼意思？」

真正的幌子是保護罩底下的東西。

「不能排除藝術品本身是贗品的可能。Last Gentleman-Thief "SAINT" 的名號在英國非常響亮，我猜，現在擺在這裡的藝術品，一定統統都是被「SAINT」盜走的東西。所以，無法輕易判斷是贗品。」

啪的一聲，克己打了一個響指。

「說得通！加上這個因素，馬修集團一輩子都動不了這些玩意啦！」

「就是這樣。」

「不只這樣！」克己繼續說，「掛在店裡的圖畫也是，應該一樣沒有老闆的允許就碰不得。而那些反對派的老闆絕不可能允許馬修集團移動的！」

克己又補充，馬修集團收購這裡的計畫等於完全泡湯了。

但是，他們真的願意放棄嗎？

「雖然接下來會是一陣混亂。不過……」北斗咧嘴而笑，「別擔心，這可是聖伯擬定的計畫。」

「就是說啊。」克己也點著頭。「保證一切順利。」

說得也是。我盼望一切順利。

因為，或許，再不久我就得離開這裡了。

25

許多人以為，不管任何季節來到英國天氣都一樣差，其實不然。

尤其是七、八月份的利特爾漢普頓舒服極了。湛藍的天空，碧綠的大海，可以想像自己正在南歐的度假勝地。話說回來，多數時候的天氣，確實只能靠「想像」捱過日子。

享受完短暫的夏天，進入秋意漸濃的九、十月份，天空灰灰陰陰的日子變多了。儘管如此，這地方的秋天依然相當迷人。

英國人似乎沒有賞楓的習慣，但是綠葉轉紅的樹林小鎮別有一番風情，而且隨著空氣漸漸降溫，紅茶喝起來特別有滋味，身子也變得暖呼呼的。住在這裡以後，似乎可以體會到英國人喜歡紅茶的理由了。來這裡留學的那一年，也有同樣的感受。

就這樣，如今已是十月中旬了。

自從託稱爸爸身體欠安，必須回到故鄉英國靜養一段時間而遠渡重洋後，轉眼間，父女倆在這裡已住上將近五個月了。

身體欠安當然是天大的謊言，花開小路商店街的居民卻深信不疑。我總在心裡向大家磕頭謝罪，真的萬分抱歉。

這一切，必須歸因於那位 Last Gentleman-Thief "SAINT" 置放在花開小路商店街的藝術品。或者說，爸爸早已算到這一步了。畢竟，他是這麼告訴我的嘛。

那起事件自然帶來了前所未聞的震撼。

不單是整座小鎮，甚至在世界各國的美術界無不引發了軒然大波。

而那場軒然大波的焦點，最後集中在我的父親身上——曾為英國籍的矢車聖人，住在英國的時候名字是德涅塔斯．威廉．史蒂文生。

於是，開始有人懷疑，造成這場騷動的主角 Last Gentleman-Thief "SAINT" 莫非就是我的爸爸？

不能怪別人懷疑。畢竟我爸爸以過去是花開小路商店街的大地主、目前是貫穿商店街的道路土地所有權人的身分自居，強詞奪理地拒絕撤走擺在花開小路商店街正中央的雕像，連同那些掛在各家店裡的畫作和首飾。

整起事件也的確按照他提出來的建議，暫時落幕了。

難怪愈來愈多人懷疑——這位男士會不會是「SAINT」呢？

懷疑歸懷疑，誰也沒有證據。

當然不可能找到證據。因為 Last Gentleman-Thief "SAINT" 別說是相片了，哪怕一枚指紋都不曾留下。當時的蘇格蘭警場得出的結論是：根本沒有「SAINT」這號人物，而是一個規模龐大的竊盜集團共同犯案。

我爸爸由於遭人冤枉是竊賊，積憂成疾，終究病倒了。

這當然是對外宣稱的託詞。

經過醫師的診察——其實根本沒接受過診察——認為必須長期療養，病弱的父親聽從醫囑，臨時決定回到故鄉英國休養一段日子。

花開小路商店街的居民完全相信了這套說詞，紛紛趕來機場送行，向我們揮手道別，還有人流下了眼淚。

真的、真的對不起大家。

我爸爸身體十分硬朗。

回到了闊別已久的故鄉，他甚至比以前來得精神奕奕。

利特爾漢普頓，爸爸和媽媽思念的小鎮，有間小小的房屋。

石砌牆的外觀古典又可愛，裝潢像極了影集裡的古老英式民宅。兩個人住，其實用不了那麼多房間，也只能這樣了。

每天清晨起床，吃過早餐洗完臉，接下來就無事可做了。我只好把所有的精力全用在整理家務上。

屋子雖然不大，打掃起來還是挺累人的。堪稱寬廣的花園，開滿了玫瑰和各種花花草草。日本的那個家沒有足夠的空間種植物，但在這裡可以盡情享受蒔花弄草的樂趣！

我買來許多園藝書籍，還去向爸爸認識的相關領域專家求教，從頭到腳一身園丁裝扮：粗布手套、修枝剪、吊帶褲和長筒膠鞋，天天都是這副模樣。

「亞彌。」

這一天照例一早就在花園裡忙活。換上外出服的爸爸走出屋外，喊了我一聲。

「出門嗎？」

「去見個朋友。大約兩小時後回來。」

兩小時……我看了手錶。

「午餐要在家裡吃吧？」

「正是。」

「知道囉。」

我點了頭，一邊整理秋意正濃的花園，一邊不著邊際地想著衣服該換季了、今天午餐吃什麼好呢……。

「對了！」

家裡還有從日本寄來的蕎麥麵，中午就做炸蝦蕎麥麵吧！正想著，爸爸已經駕著愛車 MINI Cooper 回來了。

我轉過頭去，正要開口說聲「您回來囉」，卻看到走下車的不止爸爸，還有另一個人。

那個人是——

「克己！」

他身穿T恤，披著藍色的襯衫，就像在商店街偷空出來碰個面似的，揚起手來朝我「嘿」了一聲。

「怎麼不先傳個訊息還是打個電話還是什麼都好總之提前講一聲好讓我準備準備啊！」

「息怒息怒！」克己勸我消消氣。「突然出現比較有戲劇性嘛！」

「有戲劇性又怎樣！」

「有戲劇性的話……」

爸爸真是的，也不先說一聲。

「……的話？」

「亞彌姊應該比較高興吧？」

說完，克己得意一笑。我雖嘟著嘴巴，卻不爭氣地輕輕點了頭。

太不甘心了。

是的，雖然不甘心，我還是點了頭。那一天，臨離開日本前……。克己對我說，「我會去英國接妳的。」我不明白他的意思，正打算和往常一樣隨口回一句俏皮話。

或許是歸程遙遙無期的感傷吧。

當下，我只點了頭。

接著，「我等你」這三個字脫口而出。天啊，太丟臉了。克己年紀比我小耶。我一直以為自己對小男生沒興趣。

「原本北斗也想一起來，可惜預算不夠。」

「什麼預算？」

克己笑了起來。

「我不是自掏腰包的，而是以花開小路商店街代表的身分，用自治會的公費買機票來的。」

「自治會的公費？」

為什麼要用公費？

「大家派代表來探望聖伯。商店街的人都很擔心聖伯的病情。」

「真感謝各位的關心哪！」

爸爸同樣笑得開心。

我很感謝大家的心意，可是克己應該不惜自掏腰包也非來接我不可呀！算了，放他一馬。

不管怎麼說，還是該讓我事先知道他要來。隔了那麼久才見到面，而且是在充滿英國風情的花園小屋裡，偏偏我穿得像個園丁似的和他坐在一起吃炸蝦蕎麥麵慶祝重逢。人家想要穿得漂漂亮亮的，準備一頓豐盛大餐迎接他的到來呀！

「你們比誰都清楚我爸爸身體好得很啊。」

「知道是知道，總不能說出去吧。」

第一次出國的克己笑得合不攏嘴。瞧他樂的。

「話說回來……」克己在客廳看了一圈，又走到陽台欣賞花園，露出微笑。「還是親眼看到才放心。我們一直擔心會不會被英國警方盯上了。」

「杞人憂天。」爸爸滋嚕嚕地吸進一口蕎麥麵，露出了同樣的微笑。「住在這裡的只是一個製作模型、英文名字是德涅塔斯．威廉．史蒂文生的老人。蘇格蘭警場縱有天大的本領，對一個沒有任何前科的善良市民，連半根寒毛也動不了。況且……」爸爸擱下筷子，繼續說道，「正因為他們自認是辦案天才，作夢都沒想到真相竟是如此離奇。」

名聞遐邇的 Last Gentleman-Thief "SAINT"，絕不可能在多年前和日本女性結婚並歸化為日本人，住在鄉下的商店街附近賦閒度日。

「他們深信自己的研判絕無半點差池。」

是的。所以不必擔心。

在日本，從來沒人聽過 Last Gentleman-Thief "SAINT" 的名號。

因此，反應自然慢半拍。首先採取行動的是派出所的員警。對三太警官和角倉警官真的非常抱歉，不過這件事很快就會由其他單位接手了，望請多多包涵。

雖然警方想調查為何會突然出現這些疑似藝術品的東西？這些東西是誰的？是誰做了這種事？問題是，那是一條私人道路。角倉警官也明白這一點，所以爸爸只對他說了一句：

「用不著動員大隊人馬，擺在那裡並不影響通行。」

接著，大家都曉得熟知藝術領域的爸爸建議角倉警官，這說不定是非常貴重的物件，而留下這些怪東西的 Last Gentleman-Thief "SAINT" 是一個有名的英國雅賊，最好先通報上級盡快聯絡蘇格蘭警場和外交部等等單位。就這樣，三太警官和角倉警官不必再管這件麻煩事了。

既然是私人道路，當路面被擺放物品時，原則上只有爸爸和我有權利提出抗議。後來才聽克己和北斗說，雕像連同玻璃保護罩的大小，剛剛好符合消防法規的上限。

不過，那些警告意味濃厚的紙條還是讓警方高層不敢大意，找來國內的美術界人士確認是否為真品。緊接著蜂擁而來的是英國警界人士，以及英國、法國和西班牙的美術界人士。當然，各國大使館亦派員到場關切。

「這幾件雕像可能是從各國竊來的珍貴藝術品。」

在場人士如此說道，並且要求立刻帶回鑑定真偽，準備著手進行搬移作業。這時，有人喊了聲「且慢」。開口的人是爸爸。

「此處為寧靜的商店街，基於人道，斷不容無端打擾此地居民的營生。」

就這樣，花開小路商店街的店家也十分有默契地表示「擺在屋裡又不礙事」。這是克己和北斗到處奔走的辛苦成果。他們挨戶轉告：聖伯說這可是難得一見的商機。

事態愈發擴大，上了新聞，電視台也出動了攝影和採訪記者。看熱鬧的人愈來愈多，自然順道找個地方吃飯買東西。況且店裡也陳列著藝術品。

事情到此尚未落幕。

「問題是，這些東西極可能是國際知名的嫌犯 Last Gentleman-Thief "SAINT" 竊取的贓物，事關重大，顧不上那些無關緊要的小節了。」

某位日本警界人士如此說道。的確有道理。

「我國已經與各國簽訂司法互助條約，負有協助保全證據的義務。」

還有人這麼說。是蘇格蘭警場的幾位警察。

「既然如此，請支付使用費。」

「使用費？」

包括警方人士和趕到現場的美術界人士，一個個訝異得瞪大了眼睛。

「各位真要搬走這些東西？真要忽視那份警告標示？單是規劃搬運出去的方式，想必會耗費相當長的時間。如果這段期間禁止閒雜人等進入，任由各位來來去去換了一批又一批在裡面調查鑑定，商家該怎麼做生意？很明顯地，肯定會影響營業。警方難道是為了威脅與案件毫無關係的善良百姓的生活而存在的嗎？」

眾人頓時噤若寒蟬。從警方人士到各國相關人士，一概鴉雀無聲。

「因此，倘若各位仍舊堅持進行，每一位進入商店作業者每隔一小時必須在店裡購物或點餐。換言之，就和一般顧客相同。這項規則適用於入內調查的全體人員。還有，不可禁止閒雜人等進入，亦不許打擾其他顧客。客滿的時候必須排隊等候。此外，若要調查擺在路面的雕刻作品，請支付每人每小時十萬圓的道路使用費。」

最後那一項顯然是獅子大開口，無奈的是沒有行情價可供參考。在場的全體人員都想抗議，卻根本找不到法條來駁斥爸爸開出的條件。

因為爸爸的每一句話都有憑有據。確定是真品也就罷了，但現在沒有任何一個人能夠只看一眼就斷定是真品。

有人提出了必須遵守《UNIDROIT公約》⑥云云，內容似乎是該國有權要求歸還被盜美術品，但日本好像沒有簽署這項公約。對此，爸爸這樣回應：

「是否為遭竊的作品都還不確定，這時候就提出《UNIDROIT公約》未免不合邏輯。」

從旁觀者的角度來看，這番話相當合情合理。美術界人士一個個氣得牙癢癢，卻無以反駁。

「萬一這只是複製品，各位要如何負起賠償責任？難道各位的目的是毀掉這條商店街嗎？」

「一般民眾有義務協助警方的搜查勤務嗎？」

「容我重申，這件事觸犯了什麼法律？如果能夠證明這些東西真的是Last Gentleman-Thief "SAINT" 盜走的，身為善良的百姓，我絕對會盡一切力量協助。因此，首先各位必須證明這是失竊品。假如無法證明，我將這個狀況視為有人擅自在我的土地上擺放某位人士的藝術作品，而且，這個狀況並未對我造成任何損害，我認為任由這些作品放在原地是最妥善的處理方式。」

這簡直和「先有雞還是先有蛋」是同樣的邏輯。

某位外國人發問：為何認為任由這些作品放在原地是最妥善的處理方式呢？爸爸回答時笑得格外燦爛：

「這條商店街愈來愈冷清，出現這些新景點真是再好不過！」

到了這個地步，不管是誰都會這麼想——

這男人太可疑了！

這是事情的必然發展。一個頑強抵抗警方和美術界人士的英國人……噢不，現在是名為矢車聖人的日本人。眾人心想，莫非此人即為Last Gentleman-Thief "SAINT"？

可是，沒有證據。警方唯一能做的是徵詢相關人是否願意協助調查。所謂協助調查，意思是不願意可以拒絕。

事情拖拖拉拉的一直沒個定論，就在此時，包括日本的媒體、警方、各國美術界人士以及蘇格蘭警場都接到了一封聲明函。

---

⑥一九九五年各國簽訂《國際統一私法協會關於被盜或非法出口文物之公約》（*Convention on Stolen or Illegally Exported Cultural Objects*，簡稱UNIDROIT公約），禁止交易非法取得的文物。

寄件人是真正的 Last Gentleman-Thief "SAINT"。

「聽聞日本有一假冒本人名號之徒，在一條冷清的商店街展覽本人擁有的珍貴藝術品，那無疑是一場鬧劇。本人目前在英國，而據稱在那條商店街上公開展示的各式物件，正於本人之祕密場所中安然沉睡。奉勸那名擅自打著本人名號招搖撞騙的鼠輩應有廉恥之心。此外，本聲明確為本人發出，已退休之前蘇格蘭警場刑警葛蘭．海菲爾德先生應可證明。因為，一九六一年，他在追捕本人的途中曾於前妻家短暫停留，喝了一杯茶。」

震驚！

太震驚了！

我沒想到葛蘭先生居然是昔日的蘇格蘭警場刑警！

不久，葛蘭先生提供了證詞如下：

「當時我的確曾在前妻家短暫停留。知悉此事的應該只有 Last Gentleman-Thief "SAINT"，雖然我不明白他是從何獲知的。」

這段話，證明了聲明函確實是真正的「SAINT」發出的。

由此可證，在花開小路商店街上展示的是贗品。

「商店街那邊還好嗎？」

雖然平時常傳訊息聯繫，見了面還是想問一問。

「沒問題啊。來客數明顯增加了，還有愈來愈多希望加入的藝術家以及其他人來電洽詢。」

是的，那場風波過後，觀光客也好、看熱鬧的人也好，陸陸續續湧入了花開小路商店街。

許多美術界人士也持續申請採訪。克己提議，既然如此，不如把這裡打造成一座露天美術館。

這當然是我爸爸幫忙出的主意。結果，好幾位日本知名藝術家都表示贊同。

他們表達了自己的立場：

「這些並不是贗品，每一件都是貨真價實的藝術作品。我們由衷期盼能夠與如此了不起的作品一同展出。」

儘管 Last Gentleman-Thief "SAINT" 發出了聲明指稱那些東西並非真品，但網路上也出現了「那份聲明是唬人的」之類的流言滿天飛，還有某位著名美術評論家也發表了「我不認為那是贗品」的見解，使得那些作品究竟是真是假，至今真相未明。花開小路商店街如今似乎多了一個「藝術路」的新名稱。其實包括這個新名稱在內，這一切全都來自爸爸的發想，之後交由北斗在網路上散播開來。

商店街上不只有雕像，還有廣受兒童喜愛的知名漫畫家的原稿也裝在壓克力保護盒裡埋在路面。能夠邀請到當紅漫畫家贈與原稿，要感謝北斗的功勞。他從以前就是那位大師的漫畫迷，輾轉聯繫上之後說明了原委，大師聽完覺得有意思，欣然答應。

北斗寄來的影片真是太可愛了！小朋友們吵吵鬧鬧地蹲在路面爭相搶看壓克力盒裡的原稿。目前已得到著名插畫家允諾贈與版畫，以及童話作家答應贈與原稿了，日後的路面會愈來愈精彩。

至於空店面，其所有權人與臨近城鎮的美術大學以及教育大學的美術系簽訂合作備忘錄，提供作為繪畫教室、雕刻教室或版畫教室，這些講座課程也開放一般民眾報名參加。此外，還多了一些日漸凋零的日本傳統工藝店鋪，逐漸吸引飛特族⑦和尼特族⑧的年輕人來到鎮上，而那些工匠也願意無償傳授技藝。相關費用全由市政府的預算支付。

北斗不時傳送監視器錄下的影片給我，商店街變得人聲鼎沸，難以想像就在不久前還是一幅寂寥的模樣。

「現在還遠遠算不上是賺大錢，但至少以前那種恐怕要關門大吉的慘澹氣氛已經一掃而空啦！」

商店街的全體成員都信心滿滿，接下來要努力恢復昔日的熱鬧景象。

「已經沒問題啦！」克己接著說，「不過，馬修集團靜悄悄的，讓人起雞皮疙瘩。」說完，他望向我爸爸。「今天來這裡的理由之一，是想當面請教聖伯對這件事的看法。」

我也一直沒問起這件事，心想爸爸想講的時候就會告訴我了，所以沒多過問。

爸爸笑咪咪地點燃了菸斗。

「那件事可以不必費神了。事實上，自從那些藝術品出現之後，馬修集團就沒來找大家談條件了吧？關於收購案，他們應該正式表明撤回的意願了。」

克己點了頭。

「收購案的確撤回了。我不懂的是他們為什麼要撤回？」克己接著說，「只因為鎮上擺著幾件藝術品，為什麼就把那麼大的案子撤走了呢？這是令人最想不通的謎團。」

「就是說嘛。」

馬修集團擁有龐大的力量。我相信只要他們勢在必得，甚至可以動用各國的高層人士、透過日本的高層人士，在最短的時間內完成鑑定工作，確定是真品之後立刻進行搬移作業或是其他方案。

---

⑦和製英文freeter的音譯，從事非典型工作的青年族群。

⑧NEET為Not in Employment, Education or Training的簡稱音譯，不在職、不在學、未接受訓練的青年族群。

然而，他們毫無動靜。

爸爸叭嗒叭嗒地吸了幾口菸斗。

「這樣吧，為了讓你們徹底安心，我就告訴你們一件事吧。」

「洗耳恭聽！」

克己滿意地笑了。

「你們知道馬修集團前一代領導人的姓名嗎？」

「前一代？」

那就是黃・拉賓的父親了。

「不知道。」

爸爸望向克己，他搖搖頭。

「姓名是奈森・拉賓，在英國的時候名叫馬修・沃肯。」

「馬修？」

在英國使用的名字？

「所以才叫做馬修集團哦！」

「英國……難道……？」

爸爸點了頭。

「很久以前，他曾是我的搭檔。也就是矢志輔佐 Last Gentleman-Thief "SAINT" 的那群男人其中一位。」

我沒聽錯吧？

「馬修集團對外宣稱，公司是在他兒子黃・拉賓的手中擴大事業版圖的，但那只是一種障眼法罷了。」

「障眼法？」

「其實，馬修・沃肯背叛了我，暗中賣掉我持有的藝術品，用換得的大量現金來壯大自己的公司。」

克己瞪大了眼睛。

「這麼說，馬修集團之所以要收購我們這個鎮……」

「他們的目標其實是我。讓鎮上的各位受到了連累，相當內疚。」

爸爸微微蹙眉。

「『目標』的意思是？」

「那些人真正的目的是奪取還在我手中的那些藝術品吧。」

什麼藝術品？

「假設現在把放在花開小路商店街上所有的藝術品全都賣掉，猜猜看大約多少錢？」

克己皺眉思索。

「我聽北斗說過，恐怕不下十億吧。」

「十億！」

我從來不知道。那麼值錢的東西居然在這裡擺一件那裡放一件的？不料，爸爸卻搖了頭。

「不得不說，這個估價差得太遠了。想想，那些可是馬修集團傾巢而出非到手不可的物件，再怎麼低估也不少於數百億圓，相當於一個小國的國家預算金額。」

我已經不知道該做出什麼反應才好了。那種價值連城的寶物就這樣隨隨便便掛在拉麵店的牆上。

「不過……」

「不過？」

「企圖奪取藝術品，很可能不是馬修・沃肯的命令，而是他兒子黃・拉賓的貪婪。至於為何會由他兒子主導這個計畫，那就無從得知了。」爸爸說到這裡停了一下，緩緩地啜飲了紅茶。

「黃・拉賓大概發現了父親的舊業，於是打算暗中取得還留在 Last Gentleman-Thief "SAINT" 手中的大量藝術品。實際上，馬修集團之所以遲遲沒有進入日本市場，應該是馬修．沃肯對我的一種謝罪。他透過這種方式表達自己雖然背叛了我，但從此以後不會再添麻煩了。然而，馬修集團卻跨過這道紅線，進軍日本，恐怕──」

「恐怕他老爸目前的狀態已經無法阻止他了吧！」

比方生病了，甚至過世了。

「大抵如此吧。」

「可是……」

我還有怎麼想都想不通的問題。

「黃．拉賓為了拿到那些藝術品甚至不惜收購整條花開小路商店街，這樣的話，那些藝術品會不會──」

爸爸露齒而笑。

「你們當真以為那麼多件藝術品統統是在一夜之間擺設完成的嗎？假如只有掛在各店鋪的那些畫作，事前經過妥善的準備，也許有可能；然而，那幾座雕像需要耗費多少人力和時間，才能完成目前的設置呢？縱使 Last Gentleman-Thief "SAINT" 擁有魔法師的稱譽，從物理法則來看，根本無法辦到吧？」

「的確很難。」

對。我一直以為這些事對爸爸來說應該不費吹灰之力，仔細想想，難度太高了。

「雖然商店街的居民都不在家，至少角倉警官和三太警官還在派出所呀。」

要想設置那麼高大的雕像，若是出動吊車，一定會驚動很多人的，不可能不讓任何人發現。

「可是，真的誰都沒發現雕刻作品放到路上耶！」

「是怎麼辦到的？」

「很簡單。不是放下去的。」

「不是放下去的？」

菸斗的菸氣裊裊上升。爸爸嘴角浮現得意的笑容。

「是升上來的。只要按下一顆按鈕，液壓千斤頂就會從地底下緩慢且安靜地升上來。」

克己驚訝得差點從椅子跌下來。

「打從一開始就一直藏在商店街裡？」

我腦中一片空白，險些昏了過去。爸爸到底還有多少我不知道的祕密？

「矢車家過去是那一帶的大地主。這個絕招唯有具備能夠統籌承攬與管理所有店鋪建造工程和商店街修築工程的身分才辦得到。當然，不單是路面的雕像，包括所有的藝術品全都巧妙地藏在那條商店街上各個角落，藏了非常非常多年了。」爸爸接著說道，「附帶提一句，倘若以為 Last Gentleman-Thief "SAINT" 擁有的藝術品全都在那裡了，未免有損顏面。這位雅賊取得的藝術品，還有許許多多藏匿在世界各地。」

克己和我一樣說不出話來。爸爸見狀，微微一笑。

「繼續附帶提一句，如果商店街裡沒有人幫忙我，也就不可能使出這個絕招了。唔，話就講到這裡吧。」

我大概可以想像得出來。

換句話說，馬修集團企圖偷偷拿走的藝術品，現在全都攤在陽光下了。他們不敢輕舉妄動，否則很可能讓自己身陷危機。

「說到這裡……」爸爸湊上前來。「我想給你們一個建議。」

「建議？」

給我們？

「雖然馬修集團已經放棄了，但是各國的美術界人士或許還沒死心。」

「是呀。」

我說完，克己也點了頭。

「為了防患於未然，我認為必須進一步完成既成事實。」

「既成事實？」

「正是！」爸爸深深點頭。「現今，市政府亦積極推動美術和藝術領域的保護與啟蒙，如果可以造成既成事實，就不會有人再主張所有權了。對方會覺得既然我們非常愛惜這件藝術品，不必急於一時半刻索討回去。」

「原來如此。」

的確有道理。

「如果再賦予人文主義的色彩，應該不會有人繼續唱反調，以免惹來非議。尤其是歐洲人士普遍都有這樣的思惟。」

「人文主義？」

克己和我都納悶地歪著頭。

「什麼意思？」

「在三丁目的那座雕像，麥路易茲．布魯梅魯雕刻的〈海將軍〉，你們看了有什麼感受？」

有什麼感受？

「嗯，心情變得十分虔敬，有種莊嚴肅穆的感覺。」

「對對對！」克己一股腦地直點頭。「擺在教會裡好像挺適合的。」

「正是如此！」

爸爸露出深得我心的滿意表情點了頭。

「那件作品有一段時期被稱為〈愛的審判者〉，曾經有人在那尊雕像面前許下永恆之愛的誓言。這可是在史冊上記載的史實。」

語畢，爸爸兀自頻頻頷首。看到他臉上的笑容，我有一股不祥的預感。

「爸爸，該不會……」

「不愧是我的女兒，立刻明白了。」

「嗄？什麼？」

克己看向我。我也看向他，腦海裡驀然浮現想像中的那一幕，不禁難為情地低了頭。

「若能於那座雕像前在雙方親友的見證下舉行婚禮，必定是美事一樁。只要新人們爭相來到那個莊嚴而熱鬧的地方許下永恆之愛的誓言，想必各國的美術界人士也會傾向讓它留在原地，不再爭取了。畢竟歐洲人對於守護愛情的偶像崇拜，相當寬厚與包容。」

「原來如此、原來如此！」克己不停地點頭，點到一半，忽然大叫一聲，「啊？聖伯，您意思是……」

爸爸露出慈愛的微笑。

「你們兩個成為在那座雕像前舉行婚禮的第一對新人，接下來就該輪到『貝豆』了。只要婚禮辦得成功，之後將有源源不絕的新人來申請。」

爸爸接著說，假以時日，人人都知道可以在這裡的雕像前舉行婚禮，喜事連連，成為一條名副其實的開滿幸福之花的商店街。

這樣好嗎？

我想，應該好吧。

那可是繁花盛開的商店街呢！

一瞥見克己盯著我看，我趕緊猛力推出五指大張的右掌，擋在他的面前。

「不行！」

「我……」克己慌了。「我什麼都還沒說啊！」

「不行就是不行！」

不可以像這樣一邊吃蕎麥麵一邊解開謎團之後順口說說，必須在精心挑選的時間和地點才可以開口。

想聽你說——

和我結婚吧！

PLP0068

花開小路四丁目的聖人

作　者—小路幸也
譯　者—吳季倫
編　輯—黃煜智
校　對—魏秋綢
行銷企劃—王小樨
插　畫—上杉忠弘
封面設計—莊謹銘
內頁排版—綠貝殼資訊有限公司

編輯總監—蘇清霖
董事長—趙政岷
出版者—時報文化出版企業股份有限公司
10803 台北市和平西路三段二四〇號七樓
發行專線—（〇二）二三〇六六八四二
讀者服務專線—〇八〇〇二三一七〇五
（〇二）二三〇四七一〇三
讀者服務傳真—（〇二）二三〇四六八五八
郵撥—一九三四四七二四時報文化出版公司
信箱—10899 臺北華江橋郵局第 99 信箱

時報悅讀網—http://www.readingtimes.com.tw
思潮線臉書—https://www.facebook.com/trendage
法律顧問—理律法律事務所　陳長文律師、李念祖律師
印　刷—盈昌印刷有限公司
初　刷—二〇一九年十一月二十九日
定　價—新台幣三六〇元
（缺頁或破損的書，請寄回更換）

時報文化出版公司成立於一九七五年，
並於一九九九年股票上櫃公開發行，於二〇〇八年脫離中時集團非屬旺中，
以「尊重智慧與創意的文化事業」為信念。

花開小路四丁目的聖人／小路幸也著；吳季倫譯 . --
初版 . -- 臺北市：時報文化，2019.12
320 面；14.8×21 公分
譯自：花咲小路四丁目の聖人

ISBN 978-957-13-7994-4（平裝）

861.57　　1